GEBUNDEN AN DIE BERSERKER

LEE SAVINO

Übersetzt von
MICHAEL KRUG

KOSTENLOSES BUCH

Hol dir ein kostenloses Exemplar von Gezeugt von den Berserkern und Eine Berserker-Geburt, indem du dich für meinen Newsletter anmeldest.

*Der dritte Teil von Daegans, Brennas und Samuels Geschichte. Lies den ersten Teil in **Verkauft an die Berserker** und den zweiten in **Gepaart mit den Berserkern**. Diese Novelle ist kostenlos, ein Geschenk.*

https://BookHip.com/PKRMGC

GEBUNDEN AN DIE BERSERKER

Ich bin eine Waise, eingesperrt in einem Kloster. Männer bezeichnen mich als wunderschön, doch ich bin zu einem Leben mit Küchenarbeit bestimmt – bis mich die Berserker gefangen nehmen.

Diese Wikingerkrieger sind verflucht, trotzdem schlägt mein Herz in ihrer Gegenwart schneller. Mein Inneres wird schwach, und Verlangen erfüllt mich wie edler Wein. Sie entlocken mir verruchte Gefühle und erwecken in mir die Sehnsucht nach mehr.

Ich möchte fliehen, aber tief in mir weiß ich, dass ich nie frei sein werde.

Ich gehöre zu den Berserkern, und sie gehören zu mir.

Anmerkung der Autorin: *Gebunden an die Berserker* ist ein eigenständiger Romantikroman in voller Länge, bei dem es um eine Dreiecksbeziehung zweier riesiger, dominanter Krieger geht, für die sich alles um die Frau dreht. Wenn ihr neugierig darauf seid, worüber so viele Fans schwärmen, dann lest am besten die ganze Berserker-Saga ...

1

LORBEER

Der erste Schrei kam aus dem Schlafsaal. Er drang laut und deutlich in die Küche, wo ich mit den Armen ellenbogentief in Seifenwasser stand.

»Verflixt«, brummelte ich und griff mir ein Tuch, um mir die Hände abzutrocknen. Wer mochte so spät noch wach sein und schreien? Welche der Waisen hatte gekreischt? Wir alle wussten, dass wir still zu sein hatten, sogar, wenn wir bestraft wurden.

Salbei stürmte aus dem hinteren Gang herein. Sie war ungefähr in meinem Alter, aber klein, zerbrechlich und viel zu dünn.

»Was ist? Was passiert gerade?«, fragte ich.

»Jemand hat geschrien«, erwiderte sie. »Eines der Mädchen muss einen Albtraum haben.«

Das konnte nicht sein. Keine Waise würde das wagen. Salbeis gerunzelte Stirn verriet mir, dass sie meine Gedanken teilte.

Schritte stapften durch den Gang – der Ordensbruder kam, um nach dem Rechten zu sehen. Er würde wütend über die Störung sein. An diesem Abend hatte ich ihm ein Schlafmittel ins Getränk gemischt, doch anscheinend nicht genug davon.

Aus Gewohnheit griff ich nach dem Krug mit Met, um seinen Becher aufzufüllen und ihn zu besänftigen.

Ein weiterer schriller Schrei ertönte.

»Was geht hier vor sich?«, brüllte der Ordensbruder hinter der inneren Tür. Salbei preschte durch die Küche los und verschwand nach draußen. Ich konnte ihr keinen Vorwurf daraus machen. Der Ordensbruder würde Antworten wollen. Und wenngleich er mich recht gut behandelte – ich war die Einzige, die seine Leibgerichte zubereiten konnte –, bekam Salbei oft die ärgste Wucht seines Zorns ab.

Trotzdem zog ich mich unwillkürlich in die Ecke zurück. Vielleicht würde mich der Ordensbruder in seiner Hast übersehen, und vielleicht könnte ihm auch Salbei entkommen.

»Salbei!« Als der Ordensbruder die Küche betrat, drang von draußen ein ganzer Chor von Schreien herein. Irgendetwas ging vor sich. Irgendetwas stimmte nicht.

Wieder ein Schrei, nicht weit von der Tür entfernt. Diesmal klang es nach Salbei. Der Ordensbruder erbleichte.

»Es geschieht«, murmelte er.

»Was?« Ich stieß mich von der Ecke ab und schnappte mir das Erstbeste, womit ich mich verteidigen könnte – einen Topf. »Was geschieht?«

Aber der Ordensbruder wandte sich ab und rannte mit wallender Robe und klatschenden Sandalen in die Richtung zurück, aus der er gekommen war.

Die Tür nach draußen schwang mit einem Knall auf.

Doch es war nur Salbei, die sich rückwärts von der Tür weg bewegte, das Gesicht so bleich wie der Mond.

Jäh schnappte ich nach Luft, als ein bärtiger Hüne die Küche betrat. Er duckte sich unter dem Türsturz hindurch, bevor er sich aufrichtete, größer als der größte Mann, den ich je gesehen hatte. Fast doppelt so groß wie jede der Waisen. Er ragte über Salbei auf, bevor er zur Seite trat, damit sein Gefährte hereinhuschen konnte. Ein riesiger grauer Wolf.

Falls es sich um einen Albtraum handelte, hatten wir ihn alle gleichzeitig. Mein Griff um den Topf verstärkte sich.

»Bitte«, sagte Salbei. »Tut uns nicht weh.« Obwohl sie zitterte, wich sie nicht von der Stelle.

»Niemand wird euch etwas tun«, erklärte der Krieger mit grollender Reibeisenstimme.

»Lasst uns in Ruhe«, krächzte Salbei.

Der Krieger rückte vor. Der Wolf bewegte sich mit ihm.

Salbei schaute kurz zu mir und wieder weg. Sie war so mutig und weigerte sich, mich aufzugeben. Das Augenmerk des Kriegers galt allein ihr.

Ich musste ihr helfen.

Langsam löste ich mich aus der Ecke und versuchte, näher hinzugelangen, ohne Aufmerksamkeit auf mich zu ziehen. Die meisten Töpfe stapelten sich in einem Regal. Sobald ich den Topf in meiner Hand geworfen hätte, könnte ich mir schnell einen weiteren greifen.

Der Krieger sprach mit Salbei, die aussah, als könnte sie jeden Moment in Ohnmacht fallen. Was er mit seiner tiefen, grollenden Stimme sagte, bekam ich nicht mit.

»Wenn ihr die anderen in Ruhe lasst, komme ich mit euch«, antwortete sie. Die tapfere, süße Salbei versuchte immer, andere ohne Rücksicht auf das eigene Wohl zu retten. Ich wollte nicht zulassen, dass sie entführt wurde,

Ich atmete tief durch.

Der Krieger gab das Reden auf und streckte sich nach meiner Freundin.

Ich warf den Topf mit aller Kraft.

ULF

R*iechst du das?* Mein Kriegerbruder Haakon stupste mich. Wir standen vor dem Kloster inmitten der Ränge der Berserker und warteten darauf, uns unsere Beute zu holen. Die Frau, die zu finden wir über hundert Jahre gebraucht hatten.

Unsere Gefährtin.

Was riechst du?, fragte ich und benutzte die persönliche Verbindung zwischen meinen Gedanken und seinen.

Einen Duft wie ... Blumen. Blüten.

Ich schnupperte die Luft. Ein durchdringender, würziger Geruch lag darin. Aber auch ein Hauch von blumiger Süße.

Da. Ich zeigte zu einem Flügel des großen Steingebäudes am Fuß eines hohen Turms. *Von dort stammt der Geruch.*

Aber ... Haakon deutete mit dem Kopf zur zweiten Hälfte des Gebäudes, der lang und niedrig war und einige Fenster aufwies. *Der Hauptschlafbereich ist da drüben. Dort sind die meisten Frauen.*

Ich grunzte. Während wir zusahen, brachen unsere

Berserker-Brüder die Tür des Gebäudes auf, zu dem Haakon gezeigt hatte. Die Krieger stürmten hinein, um sich die kostbaren, darin verborgenen Schätze zu holen.

»Wir müssen warten«, sagte ich zu Haakon. »Thorbjorn hat befohlen, dass wir nach Wächtern Ausschau halten sollen.«

»Hier sind keine Wächter. Diese Narren wissen nicht, was für einen Schatz sie besitzen«, entgegnete Haakon schnaubend. »Sie beschützen diese Frauen nicht. Wir nehmen sie mit und sorgen für ihre Sicherheit.«

Glas zerbarst nach außen und regnete auf den dunklen Rasen. Krieger sprangen aus dem Schlafsaal durch die Fenster, trugen dabei kleine weiße Bündel in den Armen. *Holzmouwas.* Frauen mit Magie tief in ihrem Inneren – einer Magie, die den Berserker-Fluch brechen würde. Einige schrien, andere weinten, wieder andere fluchten und setzten sich zur Wehr. Bis zum Ende der Nacht würde auf alle Anspruch als Berserker-Frauen erhoben sein.

»Genug gewartet.« Haakon hakte seine Axt an seinen Gürtel. »Gehen wir.«

Mein Kriegerbruder und ich folgten dem Blumenduft und rannten vorwärts, um Anspruch auf unsere Gefährtin zu erheben.

LORBEER

Der Krieger schlug den Topf so mühelos beiseite, als verscheuchte er eine Mücke. Ich schrak zurück, doch er würdigte mich kaum eines Blickes, bevor er die Aufmerksamkeit wieder auf Salbei richtete. Der Wolf bellte.

Ich griff nach einem weiteren Topf.

»Lass sie in Ruhe!«, schrie ich und schlug auf den Topf, bevor ich ihn warf. Ich schnappte mir zwei weitere Geschosse. Allerdings gingen mir schnell die Gegenstände zum Werfen aus. Obwohl sie ohnehin nichts bewirkten.

Salbei schüttelte ihre Starre ab und rannte durch den Gang zurück davon. Stirnrunzelnd stapfte der bärtige Krieger hinter ihr her. Ich schwang einen schweren Kessel und schleuderte ihn in der Hoffnung, den Hünen am Kopf zu treffen.

Stattdessen prallte er von einer Axt ab, landete scheppernd auf dem Boden und rollte harmlos davon. Zwei weitere Krieger traten ein und füllten den beengten Raum aus.

»Geht. Die hier übernehme ich«, sagte der neue Krieger, der mein Geschoss abgewehrt hatte, zu dem Bärtigen.

Lauf, Salbei, dachte ich, als der Bärtige und der Wolf die Verfolgung meiner Freundin aufnahmen. Ich selbst wich mit dem Rücken zur Wand zurück, als sich mir zwei weitere hünenhafte Krieger näherten.

4

HAAKON

Das ist sie, übermittelte ich Ulf über die persönliche Gedankenverbindung zwischen uns. Diese Verbindung teilten wir uns schon ein Jahrhundert, und noch nie hatte ich über sie ein solches Triumphgefühl empfangen. Die Bestie in meiner Brust heulte beim Anblick der in die Ecke gedrängten Frau auf.

»Bleibt weg!« Die Frau knurrte, zeigte sich tapfer wie ein Wolf. Sie griff sich eine Pfanne und warf sie. Ich sprang beiseite. Das Geschoss traf stattdessen Ulf, der einen Fluch ausstieß.

»Sieh sie dir an, Ulf.« Ich lachte. »Sie ist eine Kämpferin.«

»Ich mein's ernst.« Verzweifelt sah sie sich um. Vermutlich suchte sie nach weiteren Wurfgeschossen.

Das ist unsere Gefährtin, übermittelte ich Ulf, und er bestätigte es mit einem Nicken. Er ließ den Kopf zur Seite gedreht, um seine Brandnarben zu verbergen. Vermutlich wollte er ihr nicht noch mehr Angst einjagen, als sie ohnehin schon hatte.

Wenngleich sie es sich nicht anmerken ließ.

Sie war bezaubernd, hatte dunkles Haar, gerötete Wangen und einen Busen, der verführerisch wippte. Ich musste einfach innehalten und ihren Duft einatmen. Süß wie eine Gebirgsblume, mit einem Hauch von Gewürzen und Rauch. Nach einem weiteren Atemzug stieg mir ein anderer, widerlicher Geruch in die Nase. Kohl?

»Beruhig dich, meine Schöne. Du kommst mit uns«, kündigte ich an. »Aber du hast nichts zu befürchten.«

Ihre Brust hob und senkte sich heftig. Sie trug ein knappes Leibchen, nicht viel, bloß ein dünnes Untergewand. Ließ der heilige Mann sie nur in ihrer Nachtkleidung in der Küche stehen? Gefiel es ihm, sie so anzusehen?

Eifersucht überkam mich. Ulf erging es genauso. Niemand außer uns sollte unsere Gefährtin ansehen.

Ich trat einen Schritt vor.

»Lasst mich!«, rief sie. Ihr Blick zuckte durch den Raum, suchte nach einem Fluchtweg. Sie rückte von mir weg. Ihr Busen spannte das knappe Gewand. Ein wirklich wunderbarer Busen, zwei üppige Erhebungen mit dunklen Nippeln, die sich unter dem dünnen Stoff des Leibchens abzeichneten. Ich hätte mühelos jeden Busen in eine Hand nehmen können, um das warme Gewicht zu wiegen, mit den Daumen zugleich beruhigend und aufreizend über die Nippel zu streichen und mich dann zu bücken, um sie mir nacheinander in den Mund zu saugen. Unsere wunderschöne Gefährtin würde sich vor Lust winden und schreien. Sie würde versuchen, mich aufzuhalten, und ich würde ihre Arme niederdrücken und ...

Haakon, sagte Ulf. *Du bist abgelenkt.*

»Dein Zuhause wird angegriffen«, sagte ich an ihren Busen gewandt. »Du kannst nicht hier bleiben. Du kommst mit uns, dann bist du in Sicherheit.«

»Niemals«, entgegnete sie und knurrte wild wie eine

Wölfin. Unsere Gefährtin war bezaubernd. Grüne Augen, schwarzes Haar, und ein Busen, der Engel zum Weinen bringen würde – der heilige Männer dazu verleiten würde, ihre Gelübde zu brechen.

Die Bestie in mir erwachte zum Leben. Sie würde nicht ruhen, bis die Frau als mein gezeichnet wäre.

Haakon, du darfst nicht die Kontrolle verlieren.

»Komm her«, befahl ich ihr.

Stattdessen schaute sie nach links zu dem riesigen Kessel, der über dem Feuer brodelte.

»Versuch nicht ...«, setzte ich an, jedoch zu spät. Sie sprang auf die große Feuerstelle, trat die Scheite weg, die den Kessel stützten, und schrie spitz auf, als Funken ihre nackten Füße versengten.

»Nein!«, donnerte Ulf, als der Kessel kippte und literweise stinkende, dampfende Flüssigkeit über den Rand auf den Boden schwappte.

LORBEER

Ich hastete von der Feuerstelle weg, platschte durch Kohlsuppe. Die Krieger brüllten hinter mir. Wenn ich es in die Speisekammer schaffte, könnte ich mich darin verbarrikadieren. Dort gab es genug Essen, um tagelang durchzuhalten. Ich könnte mich verstecken.

Starke Arme schlossen sich um meine Taille und schwangen mich zurück herum.

»Erwischt«, sagte ein Krieger. Heulend trat ich um mich. Irgendwie traf mein Fuß die richtige Stelle, und der Krieger ließ mich fallen. Zitternd wich ich zurück. Er sah gut aus, hatte braunes Haar mit goldenen Strähnen und sonnengebräunte Haut. Wilde, goldene Augen. Seltsame Augen – wie ein Wolf.

Sein Blick fiel auf meine Brüste, und ich verfluchte mich dafür, dass ich mein Kleid an diesem Abend ausgezogen hatte. In der Küche war es so heiß, dass ich lieber nur mein Untergewand trug, wenn ich wusste, ich würde allein sein.

»Komm, kleine Kämpferin«, köderte mich der gutaussehende Krieger. »Hier ist es nicht mehr sicher für dich. Wir sind hier, um dich zu retten.«

»Was?« Ich schluchzte halb. Meine Füße pochten von der heißen Brühe. Ich rutschte auf den von Suppe glitschigen Bodenplatten aus und landete halb auf der Feuerstelle. Ich streckte mich dem Feuer entgegen, weil ich mir dachte, wenn ich nah genug herankäme, könnte ich vielleicht einen brennenden Stock packen und sie damit angreifen ...

»Das reicht«, brummte ein zweiter Krieger und zog mich zu sich. Ich erstarrte. Er war hässlich. Unschönes Narbengewebe entstellte sein halbes Gesicht. Ich schrak zurück, und er knurrte, als er die Arme um mich schloss.

»Hör auf, Ulf, du machst ihr Angst.« Das kam von dem gutaussehenden Krieger.

Ulf grunzte und schob mich vorwärts. »Dann nimm du sie, Haakon.«

Der gutaussehende Krieger namens Haakon grinste, als hätte er einen Preis gewonnen, bückte sich, bis seine Schulter meine Mitte erreichte, dann hievte er mich so auf seine Schulter, dass ich über seinen Rücken hing.

»Halt! Was ...«

»Still.« Eine Hand klatschte auf meinen Hintern. Ich fauchte über diese Unverschämtheit, und die Hand streichelte meine rechte Pobacke. Um ein Haar hätte ich zu schreien angefangen, doch dann wehte mir ein Luftzug ins Gesicht. Wir befanden uns draußen.

Von überallher drangen gedämpftes Schluchzen und Schreie zu mir. Das Mondlicht erhellte einen unfassbaren Anblick. Auf dem Gelände des Klosters wimmelte es von großen Kriegern. Einige hielten meine Freundinnen, die anderen Waisen. Ein Hüne zog an uns vorbei. Er schleifte eine der Nonnen mit, die zeterte und sich zu wehren versuchte. Schwester Juliet – eine freundliche junge Frau, die selbst im Waisenhaus aufgewachsen war, bis sie das

Gelübde abgelegt hatte. Sie schrie, als er sie über seine Schulter warf und in den Wald marschierte.

»Lass mich los!« Auch ich wehrte mich und hämmerte mit den Fäusten auf den Rücken des Kriegers, der mich trug. Ebenso gut hätten meine Hände zarte Blümchen sein können, denn sie bewirkten bei seinem Lederwams und den mächtigen Muskeln darunter nicht das Geringste.

Mit einem mächtigen Satz landete er auf der Klostermauer. Mir drehte sich der Magen um, und ich schrie, doch er ging nur in die Hocke und sprang von der Mauer. Mit mir in den Armen überquerte der Mann namens Haakon die Straße und pflügte in den Wald. Bäume versperrten mir die Sicht auf das Kloster, und einfach so verschwand das einzige Zuhause, das ich im Leben gekannt hatte.

ULF

Wohin ich auch blickte, trugen Berserker Frauen aus dem Kloster. Der Angriff war beinah abgeschlossen.

Thorbjorn? Rolf? Über die Rudelbindungen entsandte ich die Sinne zu den Anführern des Angriffs. Als ich Thorbjorn zuletzt gesehen hatte, war er den Gang hinunter hinter einer kleinen, blonden Waise her. Sein Kriegerbruder Rolf war in Wolfsgestalt an seiner Seite.

Ulf? Seid ihr draußen? Das kam von Rolf.

Wir haben unsere Blume gefunden, meldete ich. *Haakon hat sie.*

Gut. Wir wittern hier das Böse. Nehmt am besten eure Gefährtin und lauft.

Fröhliche Jagd, Rolf, übermittelte ich noch, als plötzlich ein heftiger Wind die Verbindung erschütterte. Magie hielt Einzug und zerfetzte die Rudelbindungen.

Ich beschleunigte die Schritte, um zu Haakon und der Frau aufzuschließen, als eine Warnung über die beeinträchtigte Verbindung hallte.

Der heilige Mann hat einen Zauber gewirkt und den Toten-könig gerufen. Er kommt. Abrücken!

LORBEER

Im dunklen Wald erhellte nur das Mondlicht unseren Weg.

»Da wären wir, Liebste«, sagte Haakon, als er mich abstellte. Er grinste mich an, als hätten wir uns in einer Schenke kennengelernt und als würde er mich umwerben, statt dass er in eine heilige Zuflucht eingebrochen war und mich mitten in der Nacht verschleppte.

»Wer bist du?«, fragte ich. »Was soll das? Warum werde ich entführt? Warum seid ihr hier?« Ich zitterte. Meine Zähne klapperten, wie immer, wenn ich mich fürchtete.

Er legte mir einen Finger an die Lippen.

»Hab keine Angst«, sagte er sanft. »Du bist jetzt in Sicherheit. Wir sind hier, um euch alle zu beschützen.«

»Dann lasst uns in Ruhe!«, schrie ich, als ich an meine verängstigten Freundinnen dachte.

»Das können wir nicht. Wenn ihr zurückbleibt, sucht euch ein großes Übel heim. Es ist in diesem Augenblick unterwegs. Ohne unsere Rettung verliert ihr euer Leben.«

»Was?«

Geheul erhob sich, ein widernatürlicher Laut. Ein

heftiger Windstoß fegte über uns hinweg. Ich drückte mich an den Krieger, schmiegte mich in seinen Schatten.

»Was war das?« Ich zitterte in der plötzlichen Kälte, die mein dünnes Gewand nicht abzuhalten vermochte.

»Das Böse, das nach dir sucht.«

»Das verstehe ich nicht.« Unwillkürlich presste ich mich an ihn.

Er rieb meine Arme, vertrieb meine Gänsehaut.

Unter seinen Berührungen entspannte sich mein Körper und schmiegte sich an seinen. Er ragte mit seiner harten Brust und muskelbepackten Armen so über mir auf, dass ich mir klein und zierlich vorkam wie eine schrumpfende Blume an einer Eiche. Noch nie zuvor hatte ich einen so mächtigen Krieger gesehen. Wenn er die Wahrheit sagte, wenn ich darauf vertrauen konnte, dass er mich beschützen würde, musste ich mich nie wieder vor etwas fürchten. Mir fiel nichts ein, was sich ihm in den Weg stellen könnte.

Wieder ertönte Geheul, und ich ließ mich von ihm näher zu sich ziehen.

»Wie heißt du?«, murmelte er. Seine Finger ertasteten mein Genick, legten sich darauf und drückten mich an ihn.

»Lorbeer.«

»Wie die Pflanze.«

Ich nickte, während meine Wange an seinem Lederwams ruhte. Als ich versuchte, mich wegzudrücken, gelang es mir nur, den Kopf zu heben. Er ließ mich nicht los. Etwas Hartes presste gegen meinen Bauch. Ich bemühte mich sehr, nicht darüber nachzudenken, was es sein mochte, und ich achtete nicht auf die Erregung, die sich kribbelnd in mir ausbreitete.

Der Krieger strich mir das Haar aus dem Gesicht. »Du gehörst jetzt mir, Lorbeer.«

»Ich weiß nicht, was du von mir willst.« Ich war eine

gute Köchin, und die Männer im Dorf bezeichneten mich als schön, doch das konnte nicht reichen, um ein Kloster zu überfallen. Oder doch?

»Ist schon gut«, sagte er, als der Wind über uns durch die Bäume fegte. Dieses ungestüme Wetter war kein gewöhnlicher Sommersturm. Beklommenheit kroch mir über den Rücken. Und dennoch: Als er davon redete, für meine Sicherheit zu sorgen, glaubte ich ihm. Umschlungen von den Armen dieses riesigen Kriegers wähnte ich mich in einem geschützten Kokon inmitten des Unwetters. »Du kannst mir vertrauen.«

Seine rauen Finger neigten mein Kinn nach oben.

»Ich ...«

Die Worte wurden mir abgeschnitten, als er den Mund unverhofft auf meinen presste.

Hitze schoss durch meinen Körper, bahnte sich sengend einen Weg von meinen Lippen hinunter zu meinem Schritt. Ich klammerte mich an seinen kraftvollen Armen fest, drückte mich an die Sicherheit seines Körpers, während in mir ein anderer Sturm tobte.

»Was war das?« Ich schnappte nach Luft, als er sich zurückzog. Die Hitze legte sich ein wenig. Zurück blieb ein beharrliches Pochen zwischen meinen Beinen. Verlangen richtete meine Nippel auf, rötete meine Haut und brachte sie zum Kribbeln. So hatte ich mich vorher noch nie gefühlt.

Und ich wollte es noch einmal erleben.

»Das«, erklärte er mir zufrieden, »ist der Grund, warum du mir vertrauen solltest.«

8

HAAKON

Die Wangen unserer Gefährtin röteten sich. Sogar im schwachen Mondlicht konnte ich erkennen, dass ihre cremefarbene Haut geradezu schillerte. Ich wollte sie noch einmal küssen und herausfinden, welche anderen Teile ihres Körpers sich erwärmen würden.

Der Feind ist im Anmarsch, meldete Ulf über unsere Verbindung. *Wir können sie nicht mehr lange verstecken. Wir müssen weg.*

Ich hob mir die Frau auf die Arme. Sie quiekte überrascht, schlang aber die Hände um meinen Nacken.

»Nur eine kleine Reise, Liebste. Bleib ganz ruhig.«

Ein bitterkalter Windstoß fegte über uns hinweg. Lorbeer verstummte. Ihre Finger bohrten sich in meine Schultern. Unter dem Geruch von verbranntem Kohl duftete sie süß.

Diesmal setzte sie sich nicht zur Wehr. Mein Kuss hatte wie ein Zauber gewirkt und ihre Lust erweckt.

Hinter mir schnaubte Ulf.

Es ist wahr, teilte ich ihm zufrieden mit. *Riech doch ihre Erregung.*

Ich rieche nur verbrannten Kohl. Kopfschüttelnd beschleunigte Ulf die Schritte. *Bleib hier. Lass mich den Weg auskundschaften.*

Ich kauerte mich an eine vom Mondlicht erhellte Stelle, um meine Gefangene eingehender zu betrachten. Als der Wind zunahm, schauderte sie, und ich zog sie näher zu mir.

»Liebste«, murmelte ich, und sie presste die Lippen zusammen. Die Besorgnis in ihrem Gesicht rang mit ihrem verlockenden Duft. »Mein Name ist Haakon«, stellte ich mich vor. »Du bist bei mir in Sicherheit. Das schwöre ich bei meiner Axt.«

»Meine Freundinnen. Die ihr mitgenommen habt. Was wird aus ihnen?«

»Deine Freundinnen sind auch in Sicherheit. Wir tun ihnen nichts.«

Ihr Herz hämmerte wild. Ihre Angst scheuchte meine Bestie auf, erweckte ihre Lust auf frische Beute. Ich schmiegte mich an Lorbeers Schulter und hielt inne, als ihr Atem stockte.

Haakon, warnte Ulf.

Nur ein bisschen knabbern. Ich drehte den Kopf, und meine Lippen streiften ihr Ohr. Mit einem leisen Seufzen lehnte sie sich an mich. *Sie ist bereit. Sie ist beinah brünstig.*

Nicht jetzt, Bruder. Wir müssen sie in Sicherheit bringen.

Eine kräftige Bö ließ die Bäume erzittern.

Lorbeer wimmerte.

»Still«, sagte ich zu ihr. »Bei uns bist du in Sicherheit.«

»Ich kenne euch doch gar nicht«, entgegnete sie, trotzdem entspannte sie sich in meinen Armen.

Erneut schmiegte ich mich an ihr Haar. »Und doch würden wir für dich sterben.«

Der Wind nahm wieder zu, verursachte ein klägliches Geheul, das mir die Nackenhaare sträubte.

»Was war das?«, flüsterte Lorbeer, als das Geräusch verstummte.

»Der Totenkönig sucht nach dir. Er will dich und die anderen *Holzmouwas* als seine Bräute. Aber du musst dich nicht fürchten. Ulf und ich beschützen dich.«

Irgendwas stimmt nicht, Bruder. Ulf kam in der Nähe zwischen den Bäumen hervor. Als er in Sicht geriet, versteifte Lorbeer verängstigt den Körper. Ich hielt ihr den Mund zu, bevor sie schreien konnte.

9

ULF

E in Stich fuhr mir ins Herz, als die Frau bei meinem Anblick erschrak. Rasch wandte ich die narbige Seite meines Gesichts ab.

»Ist schon gut«, beruhigte Haakon sie. »Das ist nur Ulf, mein Kriegerbruder. Er wird dir nichts tun.«

»Die Streitkräfte des Totenkönigs kommen die Straße herauf«, berichtete ich.

»Wie konnten sie so schnell hier sein?«

»Keine Ahnung. Ich kann weder die Alphas noch das Rudel erreichen.« Mein Kopf schmerzte von den Versuchen. »Magie liegt in der Luft. Ich habe kein gutes Gefühl dabei.«

»Wir müssen unsere Gefährtin in Sicherheit schaffen.«

Ich brummte zur Antwort und trat den Weg durch den Wald an. Haakon folgte mir mit der von ihm auserwählten Frau in den Armen.

Wir haben sie beide ausgewählt, berichtigte er mich.

Ich beschleunigte die Schritte. *Je weiter wir uns vom Kloster entfernen, desto sicherer sind wir. Wenn es uns gelingt, vom Totenkönig nicht bemerkt zu werden, können wir zum Heimatberg unseres Rudels marschieren.*

Dann melden wir den Alphas, dass wir unsere Gefährtin gefunden haben.

Wir haben noch viele Berserker, die Gefährtinnen brauchen.

Sie haben ihre eigenen Frauen im Kloster gefunden. Die hier gehört uns, sagte Haakon.

Wieder spürte ich diesen Stich im Herzen. Ich hatte mich damit abgefunden, nie eine Gefährtin zu finden. Die Aussicht darauf, Anspruch auf eine Frau zu erheben ... Ich fand diese kleine Hoffnung qualvoller als gar keine.

Magst du sie etwa nicht?

Ich mag sie schon. Ich hütete meine Gedanken, damit mein Kriegerbruder mein Zögern nicht bemerkte. Ich wollte lieber nie eine Gefährtin als eine, der für den Rest meiner Tage vor mir graute.

Sie ist drall und warm und wird in den langen Wintern angenehm sein.

Sofern sie nicht versucht, uns in Kohlsuppe zu baden.

Wenn sie das tut, können wir sie bestrafen. Haakons begeisterter Ton hätte mich zum Lachen gebracht, wenn die Welt um uns herum nicht dunkler geworden wäre, als ob die Magie des Totenkönigs alles Licht des Monds aufsaugte. *Du hast sie von Anfang an gewittert. Du willst sie. Gib es zu.*

Na schön. Ich seufzte. *Die hier gehört uns.* Ich würde auf Abstand bleiben und Haakon Anspruch auf sie erheben lassen. Vielleicht würde das genügen, um den Fluch zu befriedigen.

Gut, kam von Haakon selbstgefällig, bevor er ernster hinzufügte: *Lass uns in Sicherheit fliehen.*

Zugleich beschleunigten wir. Nur wenige Wesen sind schneller als ein Berserker, und in kurzer Zeit brachten wir mehrere Wegstunden zwischen uns und das Kloster, obwohl wir uns den Weg zwischen Büschen und Bäumen hindurch bahnen mussten. Heftige Windstöße peitschten durch die Wipfel über uns, ließen Blätter und Äste herunterregnen.

Unsere Gefährtin schrie auf. Sofort wurden wir beide langsamer.

»Wir können nicht weiter«, brüllte Haakon, um den tosenden Sturm zu übertönen. *Wir können dem Wind nicht davonrennen.*

Wir müssen einen Unterschlupf finden, stimmte ich ihm zu. *Wer ist dieser Magier, dass er das Wetter beeinflussen kann?*

Wir haben ihm etwas weggenommen, das er über alles schätzt. Die junge Frau klammerte sich an Haakon fest. Ihr dunkles Haar klebte an ihrer blassen Haut. Ihre Kurven zeichneten sich geradezu leuchtend unter dem regennassen Untergewand ab, bezaubernd wie die Göttin selbst.

Haakon las meine Gedanken und umarmte unsere Gefährtin fester. *Er bekommt sie nicht von uns.*

Hier entlang. Ich eilte voraus. Immer noch regnete es Zweige und Blätter wie vom Wind geschleuderte Geschosse. Haakon und ich rannten wieder schneller, wichen Ästen aus und sprangen über umgestürzte Bäume. Stämme mächtiger Eichen knarzten. Die Bäume ächzten und neigten sich, als könnten sie jeden Moment umkippen.

Der Wind entwurzelte einen Baum und ließ ihn mit raschelndem, knackendem Lärm quer über unseren Pfad fallen. Haakon konnte nur mit knapper Not ausweichen.

Ulf, schaff uns hier weg!

Vor uns zeichnete sich Stein ab. *Hier lang – eine Straße.*

Kaum hatte ich mich einen Schritt aus dem Schutz des Walds entfernt, flaute der Wind schlagartig ab. *Haakon, warte.* Auf der Straße herrschte gespenstische Stille, als hätten wir das Auge des Sturms erreicht. *Irgendetwas stimmt nicht.*

Ein stetes Trampeln drang an meine Ohren, und ich warf mich zu Boden.

Graue. Versteck dich – schnell!

Haakon hechtete ebenfalls zu Boden und hielt die Frau fest an sich gedrückt, als eine riesige Horde der stinkenden Diener des Totenkönigs vorbeimarschierte.

»Bleib still«, sagte Haakon zu der Frau und legte ihr zur Betonung seines Befehls die Hand auf den Mund. Ihre Augen waren vor Angst weit aufgerissen. »Das sind die Streitkräfte des Totenkönigs, die Grauen – auferweckte Tote, erfüllt von Magie, damit sie die Befehle des Magiers ausführen. Wenn sie uns finden, nehmen sie dich vermutlich mit. Es sind zu viele, um gegen sie zu kämpfen.«

Sie marschierten an unserem Versteck vorbei, unzählige Ränge, alle frisch aus dem Grab erweckt. Durch die blasse Haut und die leeren Augen ließ sich nicht übersehen, dass sie Kreaturen des Bösen verkörperten.

Die Frau verbarg das Gesicht an Haakons Brust.

Der Totenkönig hat diese Streitmacht schnell aufgestellt.

Er setzt mächtige Magie im Kampf gegen uns ein. Er ist verzweifelt.

Kaum waren die Grauen vorübergezogen, legte der Wind wieder zu.

Schnell. Ich kroch rückwärts, und Haakon folgte meinem Beispiel, bis wir uns gefahrlos aufrichten und den Weg zurückrennen konnten, den wir gekommen waren.

Auf zu den Hügeln. Die Grauen kommen auf der Straße leichter voran.

Je weiter wir uns von dem Ort entfernten, an dem wir die Grauen gesehen hatten, desto wilder toste der Sturm. Wir hatten Mühe, die bewaldeten Hügel zu erklimmen, und kauerten uns in den Schutz großer Felsbrocken, wenn die Windstöße übermächtig wurden.

Kämpfen wir uns weiter, über die Erhebung. Wir suchen uns einen Unterschlupf in einer Schlucht.

Als wir aus dem Wald hervorbrachen, schützten uns die Bäume nicht mehr vor dem tobenden Wind. Ein düsteres Gemurmel umgab uns, als flüsterte der Hexer durch den Sturm. Der Wind fuhr mir wie Messer über die Haut, meine Gliedmaßen wurden schwerer und schwerer. Meine Beine bewegten sich langsamer, als wäre der uns umgebende Nebel zäher Schlamm. Als ich mir die Hände über die Ohren legte, kehrte ein Teil meiner Energie zurück.

Noch ein Zauber!, warnte ich Haakon.

Er lief gebückt hinter mir, stemmte sich den anstürmenden Böen entgegen, die wie die Hand eines Riesen gegen ihn drückten. Ich packte ihn, bevor er zwischen die Felsen geweht werden konnte.

Nimm sie, stieß er atemlos hervor.

Bist du sicher? Doch sie befand sich bereits in meinen Armen und zitterte. Das Geheul um uns herum verstärkte sich, während ich weiter wankte. Meine Füße stießen auf ansteigendes Gelände. Felsblöcke ragten um uns herum auf wie auf einem Friedhof für Riesen. Wir hatten einen hügeligen, dem Himmel ungeschützt ausgelieferten Ort erreicht. Kein Wunder, dass der Totenkönig an uns herankonnte.

Haakon? Über den Wind konnte ich ihn nicht hören. Nicht einmal die Bruderbindung hielt dem Zauber des Totenkönigs stand. Ich entsandte die Sinne erst zu Haakon, dann zum Rudel. Nichts. Ich war allein.

Tausend Bienen schienen durch meinen Kopf zu schwirren. Es fühlte sich wie die Magie der Hexe an, die mich in einen Berserker verwandelt hatte.

Ich schüttelte den Kopf, um klar denken zu können.

»Was passiert hier?«, rief die Frau in meinen Armen.

»Still«, sagte ich zu ihr und umklammerte sie fester. Als

ein Blitz über den Himmel zuckte, schrie sie auf. Weiche Hände drückten gegen mich. Hatte sie mein narbiges Gesicht gesehen und verfiel deshalb in Panik?

Ich geriet ins Stolpern und stellte sie ab. Prompt wich sie von mir weg. Ihr Leibchen zerriss unterwegs an den scharfkantigen Felsbrocken. Sah sie den Rand des Abgrunds nicht?

»Nein!«, brüllte ich. Einen Moment lang zögerte sie, schwankte auf dem felsigen Untergrund. »Komm zu mir.« Ich streckte mich ihr entgegen. Zu spät dachte ich daran, mir die Hände über die Ohren zu schlagen, um meine Berserker-Stärke zurückzuerlangen. Mein Körper bewegte sich durch die Luft wie durch Wasser.

Lorbeer bewegte sich mit blankem Grauen im Gesicht weiter zurück. Folterte die Stimme des Hexers auch sie?

»Nein ...« Haakon preschte los, huschte verschwommen an mir vorbei.

Er kam zu spät.

Lorbeer rutschte vom Rand des Felsens und fiel schreiend rückwärts in den Nebel.

10

LORBEER

Das Geheul drang in meinen Kopf, meinen Körper, meine Lunge und erfüllte mich mit Grauen, bis ich zu ersticken drohte.

»Mach, dass es aufhört«, bettelte ich, doch der Wind riss mir sogar den Atem weg.

Blitze erhellten die Welt, und ich schrie. Aus dem gutaussehenden Krieger, der mich in den Armen hielt, wurde ein Monster mit einem vernarbten Gesicht – die linke Seite blieb die eines jungen, harten Burschen, die rechte schmolz wie zu nah am Feuer zurückgelassener Talg.

Ich krallte an den breiten, unverschämt starken Armen, die mich umgaben. Irgendwie befreite ich mich und kämpfte mich rückwärts durch den Wind. Und dann ...

Dann rutschte der Boden unter meinen Füßen weg. Das Geheul verstummte. Als ich fiel, rauschte der Wind an mir vorbei. Die Nacht hatte Einzug gehalten, aber irgendein böser Zauber verhüllte jegliches Mondlicht. Jemand schrie. Die Stimme wurde in die Leere gerissen. Meine Hände krallten durch die Dunkelheit. Nicht einmal die Sterne würden meinen Tod bezeugen.

Dann prallte etwas gegen meinen Körper, groß und fest wie ein Felsbrocken, aber warm. Ein Engel?

Ein Grunzen, und das große, schwarze Wesen schlang sich um mich, als wir auf dem Boden aufschlugen ...

Schmerz. Von dem heftigen Aufprall ging ein nachhallendes Vibrieren durch meinen Körper, meine Glieder fühlten sich taub von der kalten Luft und vom Sturz an.

War ich tot?

Meine gequälte Lunge füllte sich mit Luft. Weitere Schmerzen, doch sie waren gut, denn sie zeugten von Leben.

Ich rollte mich von dem weichen Untergrund, auf dem ich gelandet war, und betastete meine Arme. Mein Kopf pochte, etwas Blut lief mir das nackte Bein hinab. Mein Gewand war zerrissen und schmutzig, ansonsten jedoch in Ordnung. Ich hatte überlebt.

Am Fuß der Felswand fühlte sich die Luft klar an. Der Mond und die Sterne schillerten, als wären sie nie verdeckt gewesen. Der Felsen ragte hoch über mir auf, dunkel und bedrohlich, als könnte er umstürzen und alles unter sich zermalmen. Ich war gestolpert und über den Rand gefallen, der sich hoch wie ein Adlerhorst über mir befand.

Wie konnte ich noch am Leben sein?

Ein Stöhnen durchbrach die Stille. Ein schwarzer Schemen lag an der Stelle, an der ich gelandet war, eine verrenkte Masse auf dem felsigen Boden.

»Oh nein.« Ich sank auf die Knie. Übelkeit schwappte über mir zusammen. Jemand hatte mich mitten in der Luft aufgefangen. Kein Engel. Ein Mann. Ich starrte auf den verheerten Beweis vor mir.

»Oooh.« Ein weiteres Stöhnen. Er lebte noch. Obwohl es unmöglich zu sein schien.

Ich bewegte mich näher zu dem Sterbenden und durchforstete das Gedächtnis nach seinem Namen.

»Haakon?«

»Oh Liebste.« Schwer atmend stöhnte er. »Wenn wir das nächste Mal tanzen, lass es uns weit entfernt vom Rand eines Abgrunds tun.«

Mir rutschte ein leises Schluchzen heraus.

»Geht es dir gut?«, fragte er.

Mein gesamter Körper pochte zwar, als wäre ich verprügelt worden, doch es schien nichts gebrochen zu sein oder auch nur zu bluten. Anders als bei ihm. »Ich ... lebe noch. Aber du ... Wir sind gefallen. Wie ...« Die steile Felswand schien finster auf uns beide herabzustarren. »Wie haben wir überlebt?«

»Hab dich aufgefangen«, brachte er mit rauer Stimme hervor. »Deinen Sturz gebremst.«

»Oh nein.« Meine Hände fuchtelten über seinem Körper, fanden jedoch keine Stelle, auf die sie sich gefahrlos senken konnten. Der Krieger lag verrenkt auf dem steinigen Boden. Dunkle Flüssigkeit sickerte unter seinem gebrochenen Leib hervor. Blut. So viel Blut. Das konnte ich nicht richten.

»Es tut mir leid«, stieß ich hervor. »Ich ... bin in Panik geraten.«

»Ist nicht deine Schuld. Der Wind ...«

»Jetzt hat er aufgehört.« Das schaurige Geheul war verstummt. Der nächtliche Himmel sah normal aus, die Luft roch frisch, während ein leichter Regen fiel.

»Jetzt bist du in Sicherheit.« Haakon ergriff meine Hand überraschend kraftvoll. Bei seiner Berührung durchströmte mich Wärme. Auf den Knien blinzelte ich Tränen weg, während ich über diesem Mann trauerte, den ich kaum kannte.

Ein Finger wischte Nässe von meiner Wange. »Warum so traurig, Mädchen?«

»Du bist verletzt«, brachte ich erstickt heraus. Ich konnte mich nicht überwinden, ihm zu sagen, dass er im Sterben lag. »Das ist meine Schuld. Ich bin weggerannt ...«

»Natürlich bist du das. Wir hatten nicht den besten Start miteinander.« Zwischen schmerzverzerrten Grimassen blitzte ein schiefes Lächeln in seinem Gesicht auf.

Ein unwillkürliches Lachen lockerte die Anspannung in meiner Brust. Der gebrochene Mann vor mir musste verrückt sein, dass er in einem solchen Augenblick scherzte.

»Mach dir keine Sorgen«, sagte er. »Ich werde wieder gesund. Berserker haben schon Schlimmeres überlebt.«

Also ein Wahnsinniger. Ich rutschte näher zu ihm und wischte ihm mit dem Saum meines Untergewands etwas Blut aus dem Gesicht.

»Wenn mir Verletzungen eine so liebevolle Behandlung einbringen, hätte ich mich schon eher von einer Klippe gestürzt«, witzelte er mit blutigen Lippen.

»Schhh. Nicht reden. Spar dir deine Kraft.« Es kam einem Wunder gleich, dass er überhaupt sprechen konnte. Ich ließ den Blick auf sein Gesicht statt auf seinen verrenkten Körper gerichtet.

Er schwieg, während meine Finger und das Regenwasser die Blutflecken entfernten, aber einmal drehte er den Kopf, um verspielt meine Finger zu küssen. Ich drängte ein zittriges Lachen zurück. Wer war dieser Krieger, der im Angesicht des Todes und solcher Schmerzen immer noch scherzte? Unser Kampf im Kloster schien eine Ewigkeit zurückzuliegen, und irgendwie konnte ich mich nicht dazu durchringen, ihn zu hassen.

Als sein Gesicht weitgehend von Blut befreit war, setzte ich mich zurück.

»Danke, Mädchen.«

»Ich wünschte, ich könnte mehr tun.«

Ich zuckte zusammen, als ein Husten seinen Körper durchschüttelte und sein Gesicht vor Schmerz verzerrte. Sein Ende nahte. Ich sollte ein Gebet sprechen. Die Wolken teilten sich, der Mond kam heraus, und ich schnappte nach Luft.

Lag es nur an einer Tücke des Lichts, oder hatten sich die Schnitte in seinem Gesicht wirklich geschlossen?

»Haakon!«

Der laute Ruf von oben erschreckte mich.

»Da kommt Hilfe«, sagte Haakon. »Bleib ruhig.«

Gleich darauf kam der vernarbte Krieger herunter, kletterte die Steilwand herab, fand irgendwie an dem glatten Fels mit den Händen und Füßen Halt, ließ sich dabei nur vom Mondlicht leiten. Viele Meter über dem Boden spannte er den Körper an und stieß sich ab. Um ein Haar hätte ich aufgeschrien, aber er landete geschickt auf den Füßen und kam an unsere Seite.

Haakons Körper lag immer noch verrenkt da, doch die Platzwunde an seinem Kopf war eindeutig verheilt. Ich starrte hin, und er zwinkerte mir zu.

»Was seid ihr?«, hauchte ich atemlos.

»Deine Retter.« Ulfs raue Stimme ließ mich hastig aus dem Weg huschen. Er kniete sich neben Haakon. Schweigend sahen sie sich gegenseitig an, als würden sie sich ohne Worte miteinander verständigen.

Ich schlang die Arme um mich, weil ich zitterte, wenngleich mehr vor Sorge als vor Kälte.

Ulf schaute zu mir zurück. »Komm her, Mädchen. Du kannst ruhig dabei helfen, das zu richten, was du zerbrochen hast.«

Ich starrte ihn an, als Haakon lachte, hustete und schließlich sagte: »Sie weiß nicht, was du meinst, Bruder.«

Aus dem narbigen Gesicht sprach kein Mitgefühl für mich. »Haakon hat sich beide Beine gebrochen. Wahrscheinlich auch das Rückgrat. Wo tut es weh?« Die letzte Frage richtete sich an Haakon.

»Überall.« Mein Retter grinste und verzog gleichzeitig das Gesicht zu einer Grimasse.

»Versuch, dich nicht zu bewegen. Wir müssen dir die Beine geradebiegen, bevor sie krumm verheilen.« Ulf richtete sich auf, ging um den ausgestreckt am Boden liegenden Krieger herum, verschaffte sich einen Überblick. Blut hatte den felsigen Untergrund um Haakon besudelt. Sein Wams was zerrissen und ebenfalls nass vor Blut. An einer Stelle zeichnete sich durch die Haut etwas Weißes ab, vermutlich ein Knochen.

Ich hielt mir den Bauch, als ich mich langsam entfernte.

»Nein.« Ulf knurrte mich an, und ich erstarrte wie ein Kaninchen vor einem Wolf.

Haakon packte seinen Kameraden am Arm. »Jag ihr keine Angst ein.«

Ulf zog ein Messer und schnitt Haakons blutiges Wams auf. Innerhalb von Sekunden lag das Leder in Fetzen um Haakons entsetzlich gebrochenen Körper.

Fluchend legte Ulf eine Hand an Haakons Seite. »Mach dich bereit«, warnte er barsch. »Ich muss die Rippe da zurückschieben.«

Eine von abgehackten Atemgeräuschen erfüllte Pause entstand. Schließlich nickte Haakon, dann brüllte er, als Ulf den vorstehenden Knochen wieder an seinen Platz drückte.

Als es endete, keuchte Haakon, das Gesicht vor lauter Schmerzen totenblass. Die Rippe ragte zwar nicht mehr hervor, aber der Brustkorb sah wie rohes Fleisch aus.

Meine Hände bedeckten mein Gesicht, allerdings spähte ich zwischen den Fingern hindurch, konnte nicht wegschauen.

»Steh nicht nur so rum«, herrschte Ulf mich an. »Hilf mir.«

Unwillkürlich wich ich einen Schritt zurück.

»Du hast ihm das angetan, verdammt ...«

»Ulf. Nicht. Sie ist unsere Gefährtin.« Haakon ergriff die Hand seines Freunds, dann ließ er sie fallen, zu schwach, um mehr zu tun.

»Was kann ich machen?«, fragte ich mit piepsender Stimme. Es war meine Schuld, dass dieser Mann solche Qualen litt. Auf dem Felsen wollte ich unbedingt fliehen – aber wenn ich gewusst hätte, was es kosten würde, hätte ich ausgeharrt und auf den richtigen Zeitpunkt gewartet.

»Wir müssen sein Bein richten.« Ulf erhob sich kurz und ging ein Stück weiter an Haakons Körper in die Hocke. Als er das Knie seines Freunds berührte, verzog der leidende Krieger das Gesicht zu einer Grimasse. »Wir sollten warten, bis dein Rücken geheilt ist. Nur müssen wir die Knochen dann noch einmal brechen, damit sie richtig zusammenwachsen. Kannst du die Füße spüren?«

»Aye.« Haakon schloss die Augen. »Tu es einfach.«

»Na schön.« Ulf zog das eigene Wams aus und ging wieder an Haakons Knie in Position. »Schrei, so viel du willst. Du musst nicht tapfer sein.«

Haakon antwortete mit einer Abfolge wüster Flüche und verglich den vernarbten Krieger unter anderem mit einem kastrierten Kaninchen.

Seine Tapferkeit lockte mich an seine Seite.

»Ich muss das Bein einrenken«, erklärte mir Ulf. »Sonst heilt es so, wie es jetzt ist.«

Ich nickte.

»Wirst du ohnmächtig werden?« Ulfs raue Stimme passte zum Ausdruck in seinem entstellten Gesicht.

Ich schüttelte den Kopf. »Ich werd mir vorstellen, es wäre ein Stück Fleisch vom Metzger.«

Ulf zog die Augenbrauen hoch, während Haakon lachte, ein gequälter, rasselnder Laut. »Braves Mädchen. Du bist tapferer als die meisten. Außerdem komme ich mir ohnehin gerade wie ein Stück Fleisch vor.«

»Na schön.« Ulf kniete sich hin und legte die blutigen Hände auf das Bein. »Bringen wir es hinter uns. Halt sein Fußgelenk fest, Mädchen.«

»Lorbeer«, berichtigte ich ihn. »Mein Name ist Lorbeer.«

Haakon ließ erneut einen rasselnden Laut vernehmen, der beinah wie ein Lachen klang. »Sie sagt ihre Meinung.«

»Mir wäre lieber, sie würde gehorchen.«

»Ich fürchte, im Gehorchen bin ich nicht so gut.« Meine wilden Gefühle lockerten meine Zunge. »Wenn ihr ein gefügiges Mädchen wollt, hättet ihr mich in der Küche zurücklassen und eine andere entführen sollen.«

11

ULF

Die Frau schaute finster auf mich herab. Etwas flammte in ihrem Geruch auf – Wut vermischt mit etwas Faszinierendem. Es lenkte meine Gedanken beinah vom Gestank des Blutes ab.

Beinah.

Ich drehte den Kopf und bemühte mich angestrengt, an nichts zu denken, als die Bestie in mir den Kopf hob und frisches Fleisch witterte.

Kein Fleisch, sagte ich zu ihr.

Ist schon gut, Bruder. Richte mir schnell den Knochen und lass mich dann hier heilen, während du jagst. Ich werd hungrig genug sein, um ein Wildschwein zu verdrücken. Sogar in meinem Geist klang seine Stimme vor Qualen angespannt. *Unsere neue Gefährtin kann es zubereiten.*

»Knie dich hierhin«, befahl ich Lorbeer und zeigte auf eine Stelle an Haakons Füßen. Sie gehorchte sofort. Fleckige Farbe in ihren blassen Wangen verrieten ihre aufgewühlten Gefühle.

Gern hätte ich ihr den Hintern versohlt, aber nicht so sehr, wie ich einen riesigen Turm bauen wollte, um sie vor jeglichem Schaden zu bewahren. Vielleicht würde ich sie schlagen, bis Tränen flossen, sie dann festhalten und ihr sagen, dass alles in Ordnung kommen würde.

Du solltest ihr den Hintern versohlen. Haakon keuchte. *Ich will dabei zusehen.*

Später, Bruder, versprach ich und nickte Lorbeer zu, die mittlerweile Haakons Fußgelenk gepackt hatte. »Halt es gerade. Auf mein Wort. Eins, zwei ...« Mit einem jähen Ruck richtete ich das Bein, bevor sich Haakon verkrampfen konnte.

»Argh!«, schrie er auf. »Oh, du verkommener Mistkerl ...« Verwünschungen sprudelten von seinen Lippen, darunter eine einfallsreiche Beschreibung, wie ich mir die eigene Mannespracht in den eigenen Arsch stecken sollte. Ich ließ ihn brodeln, während ich das Bein überprüfte. Es war immer noch zertrümmert und die Haut aufgerissen, aber wenigstens wieder gerade.

»Es ist geschafft, Bruder«, teilte ich ihm mit.

Lorbeer erhob sich und wischte sich das Blut von den Händen ins Unterleibchen. Sie brauchte dringend ein neues Gewand.

Ihr Gesicht erbleichte. »Wird er überleben?«

»Mein Bruder ist stark. Er *wird* überleben«, antwortete ich mit Nachdruck. Und das stimmte. Nicht viel vermochte, einen Berserker zu töten. Aber Verstümmelung oder Narben – das konnte durchaus passieren. Davon legte mein Gesicht nur allzu deutlich Zeugnis ab.

Ich wartete auf ihr Nicken, bevor ich sie anwies, zurückzutreten.

Ich hab Durst, Bruder, kam von Haakon. Ich löste meinen Wasserschlauch vom Gürtel und reichte ihn Lorbeer.

»Dein Kindermädchen«, verkündete ich und schob Lorbeer auf ihn zu.

»Und was für ein Hübsches«, krächzte Haakon. »Ich hoffe nur, sie füttert mich nicht mit Kohl.«

»Ich würde niemanden mit Kohleintopf füttern«, sagte sie, stand da und umklammerte den Wasserschlauch.

»Nein? Warum hast du dann so viel davon gekocht?« Ich konnte mir die Frage nicht verkneifen.

»Der Ordensbruder hasst den Geruch. Dadurch hat er mich in Ruhe gelassen.« Ihr Blick heftete sich auf den Boden, während sie sprach.

Ich ballte die Hände zu Fäusten.

»Hat der Ordensbruder dich oft belästigt?«, fragte Haakon.

»Nicht, wenn ich Fleisch oder andere seiner Leibgerichte hatte, um ihn damit abzulenken. Und der Kohl hat ihn ferngehalten. Meine Freundinnen hatten nicht alle so viel Glück.«

Ein animalisches Knurren drang über meine Lippen. Lorbeer erschrak und huschte näher zu Haakon.

Ruhig, Bruder, warnte mein Kriegerbruder.

Ich muss diesen Ordensbruder umbringen.

Wenn einer unserer Brüder den Mann gefunden hat, der unseren Frauen wehgetan hat, dann ist er längst tot. Und wenn nicht, kehren wir später zurück und überlassen seine Leiche den Ratten. Haakon versuchte, sich auf die Arme zu stützen, und stöhnte kläglich.

Ich schnappte mir den Wasserschlauch von Lorbeer, kniete mich neben Haakon und gab ihm zu trinken. »Du musst dich ausruhen. Ich sorge dafür, dass der Feind nicht in unsere Nähe kommt.« Sobald er zu Ende getrunken hatte, wich ich wieder zurück. In meinem Kopf krallte die Bestie um sich. Der Geruch von frischem Blut hing in der Luft. Aber statt menschliches Mitgefühl in mir zu erwecken, ließ mich das Aroma nur hungrig werden.

Haakon schaute mir mit goldenen Augen nach. Er wusste, dass wir durch die Gefahr, die in uns lebte – durch den Berserker-Wahnsinn, der uns heimsuchte –, geringer als Menschen waren. Es war nicht sicher, wenn ich bliebe, während mein Kriegerbruder so schwach war.

Andererseits könnte es auch nicht sicher sein, wenn ich ginge.

Ulf, wenn der Feind kommt ...

Ich tue, was ich kann, damit er uns nicht findet. Und wenn ich den Köder spielen für ihn muss.

Ich bin der bessere Köder, Bruder. Du solltest unsere Frau mitnehmen und mich zurücklassen ...

»Niemals. Ich lasse dich nicht zurück. Lorbeer kann auf dich aufpassen. Es ist ihre Schuld, dass wir jetzt hier sind.« Meine Worte klangen wütender, als ich sie meinte. Die Frau konnte nichts dafür, dass sie sich vor uns fürchtete. Vor mir liefen Frauen oft davon.

Wir bringen ihr bei, sich nicht mehr zu fürchten, übermittelte mir Haakon. *Eines Tages läuft sie auf uns zu, nicht von uns weg. Wir bringen es ihr bei.*

Wenn du wieder gesund bist, stimmte ich ihm zu und wandte mich zum Gehen.

»Warte!«, rief die Frau.

12

LORBEER

Der vernarbte Krieger hielt inne und drehte sich zu mir um. Ich zuckte unter dem scharfen Blick seiner goldenen Augen zusammen.

»Wie soll ich mich um ihn kümmern?«

Der gebrochene Krieger keuchte rasselnd hinter uns. Jeder andere Mann wäre an seinen Verletzungen längst gestorben, und ich gleich mit.

»Sorg dafür, dass er es gemütlich hat. So gut du kannst.« Ulf löste einen kleinen Beutel von seinem Gürtel. »Hier. Da ist Dörrfleisch drin.«

»Ich bin mir nicht sicher, ob er das essen sollte ...«

»Nicht für ihn. Für dich. Iss und trink, damit du bei Kräften bleibst.« Sein Blick musterte mich von oben bis unten und wirkte abweisend, sogar, als er kurz auf meiner Brust verharrte. Ich schlang die Arme um meinen zitternden Körper. Mein nasses Untergewand war fast durchscheinend.

Mit einem Fluch reichte mir Ulf einen zweiten Beutel. »Hier ist ein Feuerstein. Mach ein Feuer an. Ein Kleines. Ich komme zurück, sobald ich weiß, dass diese Stelle vor unseren Feinden sicher ist. Aber danach muss ich jagen und gutes, blutiges Fleisch für Haakon beschaffen.« Sein eigener Magen knurrte, und ich wich einen Schritt zurück.

Er fing mich am Arm ab. Dieselbe Kraft, die ich in Haakons Berührung gespürt hatte, strömte kribbelnd durch mich hindurch und bündelte sich in meinem Schoß. Mein Körper lehnte sich an ihn, bevor ich es verhindern konnte.

»Habe ich dein Wort, dass du nicht wegrennst?«, fragte er.

Ich starrte zu ihm hinauf. Er drehte den Kopf so, dass ich die heile Seite seines Gesichts im Blick hatte. Die dunklen Brauen und die kantige Kieferpartie empfand ich als beinah schön.

Ich musste mir über die Lippen lecken, bevor ich antworten konnte. »Wenn ich wegliefe, würde ich in dieser Wildnis allein nicht lange überleben.«

»Versprich mir, dass du es nicht tust«, beharrte er.

Ich versprach es nicht. Ich musste nämlich fliehen. »Wo soll ich schon hin? Ich bin eine Waise. Ich habe das Kloster nie auch nur für eine Nacht verlassen. Deshalb glaube ich nicht, dass ich allein überleben würde.«

Seine Züge wurden eine Spur milder. »Wir werden uns um dich kümmern. Pass auf ihn auf. Ich bin bald zurück.«

»Sag mir eins«, rief ich, bevor er in der Dunkelheit verschwinden konnte. »Meine Freundinnen, die anderen Waisen – sind sie wohlbehalten entkommen?«

»Ich weiß es nicht. Ich kann das Rudel nicht erreichen. Aber ich bin sicher, einige haben es geschafft.«

Ich schluckte.

»Am besten richten wir das Augenmerk auf unser eigenes Schicksal.« Er deutete mit dem Kopf auf Haakon. »Kümmere dich um ihn, kleine Kämpferin.«

»Aber ...«, setzte ich an und verstummte, als Ulf mich an

den Schultern packte und dem leidenden Krieger zudrehte. Spielten mir die Augen einen Streich, oder hob und senkte sich seine blutverschmierte Brust ruhiger?

Als ich mich umdrehte, war Ulf verschwunden.

»Komm her, Liebes.« Haakon hustete. Da es sich in meinen Augen um die Bitte eines Sterbenden handeln konnte, ging ich näher hin und kniete nieder. Er griff nach mir, und ich packte ihn am Arm.

»Du kannst mich nicht anfassen«, schimpfte ich. »Du darfst dich nicht bewegen. Das reißt deine Wunden wieder auf.« Wunden, die sich vor meinen Augen zu schließen schienen, als würde sich sein riesiger Körper wandeln und neu zusammensetzen. Dennoch sah er immer noch sehr schlecht aus. Ich schluckte und hielt seine Hand so sanft, wie ich konnte.

»Möchtest du mehr Wasser?«

»Nein.« Er drückte meine Hand. »Setz dich bitte zu mir.«

Ich hockte mich neben ihn und ließ den Blick auf sein Gesicht gerichtet, damit ich nicht das Chaos seines gebrochenen Körpers sehen musste. »Verzeih mir«, entschuldigte ich mich erneut. »Ich wollte dir nie solchen Schaden zufügen.«

»Es war ein Unfall«, krächzte er. Schweißperlen standen auf seiner Stirn. Ich legte meine Hand darauf.

»Du glühst ja.« Mein Magen brodelte. Wenn bereits Fieber eingesetzt hatte, würde mit Sicherheit der Tod folgen. »Ich wünschte, ich wüsste, welche Kräuter dir helfen können.« Meine Waisenschwestern aus dem Kloster verstanden mehr von der Heilkunst. Ich hingegen wusste nur, wie man nahrhafte Mahlzeiten zubereitete.

»Kein Fieber. Das ist die Heilkraft.«

Ehrfürchtig beobachtete ich, wie sich eine riesige Wunde, die an seinem Bein klaffte, langsam schloss und zu einer großen, glänzenden Schwiele wurde. »Was bist du?«, hauchte ich atemlos.

»Gefährlich«, antwortete er. »Niemand, dem du in einer dunklen Nacht begegnen möchtest. Es sei denn, du bist meine wahre Gefährtin.« Mit hochgezogenen Augenbrauen sah er mich an, als erwartete er, ich würde ihm widersprechen.

Ich legte seine Hand hin, wich aber nicht von seiner Seite.

»Warum seid ihr ins Kloster gekommen?«

»Du hast ja diese Streitkräfte gesehen, die Soldaten.«

»Die grauen Wächter.« Ein Schauder durchlief mich. Meine Freundin Hasel hatte schon früher von ihnen gesprochen. Sie dachte, der Ordensbruder hätte sie angeheuert, damit sie das Kloster bewachten. Die Kreaturen, die ich auf der Straße gesehen hatte, wirkten weniger wie Menschen, eher wie wandelnde Tote.

»Die Grauen, ja. Hast du diesen Wind gespürt?«

Ich nickte.

»Das war ein Fluch.«

»Warum sollte jemand versuchen, euch zu verfluchen?«

»Er war gegen dich gerichtet.«

»Gegen mich? Warum? Ich bin ein Waisenkind. Ich besitze nichts.«

»Es geht nicht darum, was du besitzt, Mädchen.« Haakon hustete. »Es geht darum, was du bist.«

Ich kaute auf der Unterlippe, wollte weitere Fragen stellen. Das Gesicht des Kriegers krampfte sich vor Schmerzen zusammen, als er wieder hustete. Ich wartete, bis sich die Zuckungen legten, dann strich ich ihm das dichte Haar zurück und befeuchtete seine Lippen mit Wasser. Er ließ sich von mir umsorgen und lächelte beinah, als ich mich über ihn beugte und mein Busen vor seinem Gesicht baumelte. Ich protestierte nicht. Mir war alles recht, womit ich diesem schwer verletzten Mann helfen konnte. Die warme Erregung, die mich erfüllte, verdrängte ich.

Haakon holte tief Luft. »Deine Freundin Hasel hat uns geschickt, um euch alle zu retten.«

»Hasel?« Ich setzte mich aufrechter hin. »Du kennst Hasel?«

»Ich habe sie gesehen. Sie lebt mit ihrem Gefährten wohlbehalten beim Rudel. Sie hat uns vom Kloster erzählt.«

»Ich dachte, sie wäre tot. Ich dachte, der Ordensbruder hätte sie umgebracht«, flüsterte ich. Mein Herz krampfte sich dennoch zusammen, als ich mich an meine Trauer beim Verschwinden meiner Freundin erinnerte. Konnte sie wirklich am Leben sein – und wohlbehalten unter solchen Kriegern leben? Würde mich dieser Krieger belügen? »Warum ist sie nicht mitgekommen? Oder hat uns eine Nachricht geschickt?«

»Das war nicht sicher. Und es war keine Zeit dafür. Wir sind sofort gekommen, um euch alle zu retten. Wir konnten nicht das Wagnis eingehen, dass der Ordensbruder seinen Herrn benachrichtigt.«

»Seinen Herrn? Er dient Gott.«

»Jetzt nicht mehr. Er hat einen Zauber gewirkt, um seinen wahren Herrn zu rufen, den Totenkönig.«

»Warum nennst du ihn so? Totenkönig?«

»Wegen der Art seiner Magie. Sogar die Toten gehorchen ihm. Sie sind seine Diener.«

Ein Schauder durchlief mich. »Totenbeschwörung ist böse.«

»Der Totenkönig *ist* böse. Und er wird nicht ruhen, bis er so viele von euch und euresgleichen versklavt hat, wie er kann.«

»Warum will er gerade uns?«

»Ihr seid etwas Besonderes, Kleines.« Seine Hand ergriff wieder die meine und drückte sie.

»Wieso?«

»Ihr gehört einer Rasse von Frauen an, deren Magie tief verwurzelt ist.«

Ich zog mich zurück, konnte aber die Hand nicht befreien. »Ich bin keine Hexe. Ich bin ein anständiges Mädchen.«

»Keine Hexe. Deren Magie ist verdorben. Du bist rein.«

»Das verstehe ich nicht.«

»Wirst du noch.«

Er hustete, und diesmal blubberte Blut aus seinem Mundwinkel. Ich riss den Rand vom Saum meines Gewands ab, befeuchtete ihn und wischte ihm die Lippen ab. »Du musst still sein und heilen.«

Er drehte den Kopf und knabberte an meiner Hand. Hitze schoss wie ein Pfeil durch mich, rötete meine Wangen, tauchte zwischen meine Brüste und wärmte meine unteren Gefilde.

Um meine Reaktion zu verbergen, wandte ich mich ab und seufzte. »Ich nehme an, du bist nicht daran gewöhnt, Befehle entgegenzunehmen.«

»Bitte – verlass mich nicht.«

»Tu ich nicht. Aber du musst trinken und dich ausruhen.«

Ich hielt ihm den Wasserschlauch an die Lippen, und er hob den Kopf zum Trinken, bevor er sich keuchend und seufzend zurücklegte. Schweiß perlte auf seiner Stirn, und ich wischte ihn weg.

»Gut, dass wir dich haben«, krächzte er. »Sonst würde mich jetzt Ulf pflegen. Und der würde mich eher von einer weiteren Klippe werfen.«

Der Scherz ließ mich zusammenzucken. »Es tut mir so leid.«

»Mach dir darüber keine Gedanken, Mädchen. Ich werde wieder gesund.« Er streichelte meinen Arm. Eigentlich sollte ich ihn trösten, nicht umgekehrt.

»Ulf wird Fleisch bringen, und die Magie wird mich heilen.«

»Du solltest kein Fleisch essen. Mit einem Topf könnte ich eine Brühe zubereiten. Kochen war im Kloster meine Aufgabe.«

»Solange du mich nicht mit Kohl fütterst ... Ulf kann dir besorgen, was du brauchst. Und ein neues Gewand auch. Etwas Robusteres als das, obwohl mir persönlich etwas so Feines und Durchsichtiges ja lieber wäre.« Er zwinkerte mir zu.

Ich presste die Lippen aufeinander.

»Hab ich dich beleidigt, Mädchen?«

»Es schickt sich nicht, etwas darüber zu sagen, wie ich gekleidet bin.« Ich zog mein Untergewand so weit wie möglich über meine Beine hinunter. Trotzdem blieben meine Fußgelenke und ein großer Teil der Waden entblößt.

»Es schickt sich nicht?« Er schmunzelte. »Schickt es sich denn, dass wir in euer Zuhause eingebrochen sind? Euch mitten in der Nacht entführt haben?«

»Na ja, nein, aber darüber wollte ich nicht sprechen.«

»Also schickt es sich nicht, wenn du mit deinen Entführern über deine Entführung sprichst?«

»Jetzt machst du dich über mich lustig.« Ich schniefte.

»Da hast du recht. Ach, komm schon, Mädchen. Das Schlimmste haben wir hinter uns. Warum also nicht ein bisschen lachen?«

»Du hast einen seltsamen Sinn für Humor.«

Er setzte zu einer Antwort an, dann jedoch erstarrte er, und Schmerz zuckte über sein Gesicht.

»Haakon? Was ist los?« Ich rutschte näher zu ihm.

»Nichts. Nur die Heilung.« Er klang atemlos.

»Kann ich irgendetwas tun?«

»Bleib einfach bei mir, Mädchen. Das reicht.«

Händeringend wünschte ich, es gäbe etwas, das ich ihm gegen die Schmerzen verabreichen könnte. Der Krampf legte sich. Langsam entspannte sich der Krieger. Ich überlegte, was ich sagen konnte, irgendetwas, das nicht in ein Gespräch über meine Entführung oder die Möglichkeit von Haakons Tod münden würde.

»Wie hat es sich ergeben, dass Ulf und du zusammen reisen?«

»Wir sind verbunden. Das bewirkt die Magie. Wir teilen unsere Gedanken, unsere Gefühle, unsere Eindrücke.«

Wie würde es wohl sein, die tief in meinem Herzen verborgenen Gedanken mit jemand anderem zu teilen? Mit einem Mann? Ich errötete, und Haakon verzog das Gesicht zu einer Grimasse.

»So ist es nicht, Mädchen. Wir haben uns zusammengetan, um nach einer Frau zu suchen«, betonte er. »Einer, die uns von dem Fluch befreien kann. Wenn wir sie finden, erheben wir gemeinsam Anspruch auf sie.« Die Eindringlichkeit seiner Stimme brachte mich zum Erröten. Ich wollte die Hände über mein Gesicht legen, um meine Wangen zu verbergen. Zwei Männer – zusammen?

»Ich sollte ein Feuer anmachen.« Als ich aufstehen wollte, hielt Haakon mich zurück.

»Bitte. Bleib. Du wärmst mich besser als jede Flamme.«

Seine Berührung bewirkte dasselbe bei mir, aber das erwähnte ich nicht. Stattdessen ließ ich mich neben ihm nieder. Als ich die Hand auf seine legte, entspannte er sich.

»Ich bleibe hier, wenn du dich ausruhst.«

»Ich ruhe mich aus, wenn du mir eine Geschichte erzählst.«

»Was für eine Geschichte? Ich kenne nicht viele.« Die Geschichten, die uns die Nonnen erzählten, sollten uns vor den Folgen der Sünde warnen. Irgendwie glaubte ich nicht, dass sich dieser Krieger für ein keusches, gottgefälliges Leben erwärmen würde.

»Erzähl mir von dir.«

»Von mir? Da gibt es nicht viel Interessantes zu erzählen.«

»Das sehe ich anders.« Der Blick seiner dunklen Augen jagte einen Schauder durch mein Innerstes.

»Ich habe mein ganzes Leben im Kloster verbracht. Meine Familie habe ich nie kennengelernt.«

»Was machst du gern?«, fragte er, als ich verstummte.

»Ich arbeite in der Küche.«

»Wo du Kohl kochst.«

»Nicht nur Kohl.« Ich lächelte. »Ich backe Brot, Honigküchenlein, bereite Suppen zu ...«

»Fleisch?«

»Wenn welches da ist. Die Nonnen und die Waisenkinder bekommen selten so feines Essen.«

»Magst du Fleisch?« Haakons Augen leuchteten – ich hoffte vor Interesse, nicht vor Fieber.

»Ja.«

»Wenn mein Kriegerbruder zurückkommt, geht er für uns auf die Jagd. Wir werden dich jeden Tag mit Fleisch füttern«, versprach er.

»Was isst du denn am liebsten?«, fragte ich.

»Wildschwein.«

»Mmm.« Mir lief das Wasser im Mund zusammen. Ich schloss die Augen und rief mir den Bissen von gebratenem

Wildschwein in Erinnerung, den ich mir damals stibitzt hatte, bevor ich dem Mönch und seinen Gästen das Tablett servierte. »Ich würde das Fleisch auf einen Spieß stecken – oder es deinen Kriegerbruder tun lassen. Dann sollte es langsam garen, vielleicht mit etwas Apfelbaumholz auf dem Feuer, um den Geschmack zu verstärken.«

»Nur weiter, Mädchen«, sagte Haakon geradezu ehrfürchtig. Ich entspannte mich. Ein Mann, der gutes Essen zu schätzen wusste, konnte kein allzu schlimmes Monster sein.

»Wenn Ulf irgendwo Apfelbaumholz entdeckt, findet er vielleicht auch frühe Äpfel. Die könnte ich für einen Pudding mit Zucker und Gewürzen aufschneiden. Oder ich könnte nach wilden Zwiebeln, Lauch und Knoblauch suchen, die Zutaten anbraten und ...«

»Überlass den Lauch den Kaninchen. Ich möchte mehr über das Fleisch hören.« Als ich die Augenbrauen hochzog, fügte er hinzu: »Bitte.«

Ich unterdrückte ein Lachen und fuhr fort. »Weil du Kaninchen erwähnst: Wenn Ulf davon welche mitbringt, kann ich einen Eintopf kochen ...«

Der Mond stand hoch am Himmel, und ich wurde schon heiser vom vielen Reden, als Haakons Atmung endlich gleichmäßig wurde.

Ich biss mir auf die Lippe, stand auf und zuckte zusammen, weil mir der Fuß eingeschlafen war. Der Rest meines Körpers fühlte sich steif und wund an, aber ich würde mich nicht beklagen. Nicht, wenn ein großer Krieger neben mir am Boden lag und dafür litt, dass er mir das Leben gerettet hatte.

Hätte mir früher an jenem Tag jemand gesagt, dass ich das Kindermädchen für einen Krieger spielen würde, der mich von zu Hause entführt hatte, ich hätte geschrien, bis ich ohnmächtig geworden wäre. Aber in der kühlen Nachtluft fühlte sich mein Kopf klar an. Ich stand tief in Haakons Schuld, und ich würde die Schuld begleichen. Doch sobald ich sicher wäre, dass er überleben würde, musste ich fliehen.

Im Augenblick lag er mit Schweißperlen auf der Stirn und sehr blasser Haut da. Beides gefiel mir gar nicht. Die schlimmsten äußeren Wunden waren sogar ohne erkennbare Narben verheilt, aber die verheerendsten Verletzungen konnte man nicht sehen.

Er brauchte mehr Wasser und vorzugsweise Suppe.

Was, wenn er aufwachte und Ulf noch nicht zurück wäre? Ich hatte nur ein bisschen Dörrfleisch. An einem Streifen davon knabberte ich, während ich nach einem glatten Stein mit einer kleinen Mulde suchte. Als ich einen fand, der sich eignete, wischte ich ihn mit dem Wasser sauber. Ich könnte einen Teil des gedörrten Wilds einlegen und für Haakon aufweichen. Dafür brauchte ich mehr Wasser.

Als ich mich von dem Stein erhob, fiel ein Schatten über mich, und ich schnappte erschrocken nach Luft.

»Ruhig«, ertönte Ulfs raues Flüstern. »Weck ihn nicht auf.«

Unwillkürlich presste ich mir eine Hand auf die Brust, so wild schlug mein Herz. Der große, kraftvolle Körper dieses Kriegers, seine raue Stimme, sein entstelltes Gesicht – all das schüchterte mich ein. Allerdings war er nicht so grauenerregend, wie ich bei seinem ersten Anblick gedacht hatte.

»Wie lange schläft mein Kriegerbruder schon?«

»Nicht lange. Er ist wach geblieben. Um auf mich aufzu-passen, glaube ich.«

Der Blick von Ulfs goldenen Augen ruhte auf mir. »Was wolltest du gerade machen?«

»Das hier.« Ich zeigte ihm den Stein und erklärte ihm mein Vorhaben, Fleisch für Haakon aufzuweichen.

Ulf schüttelte den Kopf. »Ich gehe jetzt auf die Jagd, dann füttern wir ihn mit den feinsten Stücken. Iss du den Rest von diesem Fleisch. Es ist für dich.«

»Ich will es nicht«, gab ich zurück, obwohl mein Magen knurrte.

Ulfs Hände schlossen sich um meine Arme. Ich bibberte unter seinem bohrenden Blick. »Lüg mich nicht an, Kleines.«

»Ich bin hungrig«, gestand ich. »Aber ich weiß nicht, ob ich viel essen kann.«

Sein Ton war streng, aber seine Berührungen fühlten sich verblüffend sanft an. »Du musst essen, Lorbeer. Unsere Feinde sind in der Nähe, und sobald Haakon geheilt ist, haben wir einen langen Weg vor uns. Du musst bei Kräften bleiben. Lass sein Opfer nicht umsonst gewesen sein.«

Als ich mir das Fleisch an den Mund hielt und davon abbiss, ließ mich Ulf los und schlich an die Seite seines Kriegerbruders. Dabei bewegte er sich wie ein lebendiger Schatten. So schnell, wie er war, würde er für die Jagd keine Pfeile und keinen Bogen brauchen. Mein Körper reagierte auf die Anwesenheit eines Raubtiers, indem mich überall eine Gänsehaut befiel.

Ein Schauder durchlief mich. Haakon mochte vielleicht keine Bedrohung für mich sein, aber Ulf könnte mir mühelos seinen Willen aufzwingen.

Ich musste herausfinden, was diese Männer von mir wollten.

Nein. Das ist gar nicht nötig, rügte ich mich. Ich musste fliehen.

»Er sieht aus, als hätte er Fieber.« Ulf winkte mich zu sich.

»Er hat gesagt, das sei bloß die heilende Magie.« Händeringend wünschte ich, dass ich nicht so nutzlos wäre. Ich wusste nicht, welche Kräuter ein Fieber senken konnten. Meine Waisenschwestern wüssten es, aber soweit ich gehört hatte, waren sie in alle vier Winde verstreut und Gefangene von weiteren dieser Krieger.

Haakon hustete, und wir drehten uns beide um. Rote Spucke hinterließ Spritzer seitlich am Mund, aber er wachte nicht auf. Ich kniete mich neben ihn und benutzte den Stofffetzen, den ich von meinem Gewand gerissen hatte, um die Spritzer wegzuwischen. Als ich behutsam eine Hand auf seine Stirn legte, entspannte sich der leidende Krieger unter meiner Berührung. Starre Muskeln lockerten sich.

Als ich mich wieder zu Ulf umdrehte, beobachtete er mich mit einem Gesichtsausdruck, den ich nicht recht zu deuten vermochte.

»Er glüht richtig. Er braucht Wasser«, sagte ich. Ulf rührte sich nicht, und ich schluckte meine Verärgerung hinunter. Ich würde keine Furcht vor diesem Mann zeigen. »Na schön.« Ich zog mein Untergewand zurecht und richtete mich auf. »Dann hole ich es selbst.«

Er packte meinen Arm, bevor ich an ihm vorbeigehen konnte. »Du läufst uns nicht weg. Ein Fluchtversuch hätte keinen Sinn.«

Mein Mund fühlte sich zu trocken an, um ihm zu antworten. Ich starrte in seine goldenen Augen, die in dem rauen, vernarbten Gesicht so schön aussahen.

Ihm schien bewusst zu werden, dass er mir seine

verheerte Wange zeigte, und er wandte prompt das Gesicht ab. »In der Nähe ist ein Bach. Ich begleite dich dorthin.«

Als er mich durch das Gebüsch führte, achtete er darauf, dass ich auf seiner unversehrten Seite blieb. Vor den Narben war er ein gutaussehender Mann gewesen.

Auf dem Rückweg umklammerte seine Hand immer noch meinen Arm, und Ulf ergriff wieder das Wort.

»Ich habe unsere Spuren so verwischt, dass der Totenkönig seine Streitkräfte in der falschen Richtung suchen lassen wird. Ich breche bald zur Jagd auf und komme erst zurück, wenn ich etwas erlegt habe.« Seine Hände schlossen sich um meine Taille, um mich über eine nasse Stelle am Boden zu heben.

Wieder flammte Hitze in meinem Leib auf. Ich presste die Lippen zusammen, um zu verhindern, dass ich nach Luft schnappte. Wie sich diese Krieger auf mich auswirkten, fing allmählich an, mich zu beunruhigen. Ich hatte mit Sicherheit nicht vor, sie merken zu lassen, was ich empfand.

Noch war es ihnen nicht aufgefallen. Glaubte ich zumindest.

Ulfs Züge blieben unergründlich wie eine Steinmauer. »Du hast kein Feuer angemacht. Weißt du nicht, wie das geht?«

»Haakon wollte lieber, dass ich an seiner Seite bleibe. Er wollte, dass ich ihm Geschichten erzähle.«

»Geschichten?«

»Ich habe ihm von dem Essen erzählt, das ich für ihn zubereiten könnte. Ich kann eine Suppe kochen, aber dafür müssest du mir ein paar Zutaten besorgen.« Ich ratterte die Liste herunter, die ich in Gedanken zusammengestellt hatte, und atmete durch, als er den Griff an meinem Arm verlagerte, womit er abermals Erregung durch meinen Körper pulsieren ließ.

»Ich kann dir diese Dinge besorgen. Die meisten davon. Allerdings weiß ich nicht, was Estragon ist.«

»Ein Kraut«, erklärte ich ihm. »Vielleicht findest du es ...«

»Mit Kräutern kenne ich mich nicht aus«, fiel er mir mit einem Tonfall ins Wort, der mir verriet, dass er nichts darüber lernen wollte.

»Ich will nur dafür sorgen, dass die Suppe gut schmeckt«, sagte ich barsch und stieß mich von dem finster dreinblickenden Krieger ab. Ich genoss einen Moment der Freiheit, bis der von Laub übersäte Boden in Kies überging und mein Fuß ausrutschte. Ulf fing mich auf, bevor ich fallen konnte.

»Geht es dir gut?«

Ich drückte mich an ihn. Meine Kurven schmiegten sich wunderbar an seine Muskeln. Ich nickte steif, während mir Hitze in die Wangen stieg. Ich weigerte mich, ihn anzusehen, und er ließ mich los.

»Du musst besser aufpassen.« Bildete ich mir das ein, oder klang seine Stimme verbittert? »Und was die Suppe angeht, außer verfaultem Fleisch haben wir schon so gut wie alles runtergewürgt. Ich bringe frisch erlegte Beute. Da brauchst du dir keine Gedanken über den Geschmack zu machen.«

»Vielleicht finde ich ja im Wald etwas, das ich verwenden kann«, murmelte ich.

Er packte meine Hand und umklammerte sie fest. »Falls du denkst, dass du weggehen und allein durch den Wald streifen darfst, irrst du dich.«

Ich funkelte ihn an. »Schon gut.«

Ulf starrte mir noch einen Herzschlag lang ins Gesicht, bevor seine Lippen zuckten. Dann deutete er mit dem Kinn. »Haakon ist wach.«

Der abgestürzte Krieger war zwar wach, aber blass.

»Noch am Leben, Bruder?«, kam von Haakon.

»Das wollte ich dich gerade fragen. Wie hat sich dein Kindermädchen angestellt?«

Haakon grinste mich an, als ich über den felsigen Untergrund an seine Seite eilte. »Sie ist hübsch, aber grausam. Hat sie dir erzählt, wie sie mich mit Geschichten über leckeres Fleisch gequält hat?«

»Hat sie. Bald wird das nicht nur eine Geschichte sein.«

Haakon trank sehr, sehr langsam. Ich hielt den Schlauch an seine Lippen und ließ ihn Pausen einlegen, befeuchtete das Tuch und legte es auf seine Stirn.

»Danke, Mädchen«, sagte Haakon, und ich forderte ihn auf, still zu sein.

»Dank mir, indem du deine Kräfte schonst und gesund wirst.«

Er tat, wie ihm geheißen, und lächelte dabei verhalten.

Währenddessen stapelte Ulf Brennholz auf einen Haufen, und ich zündete schnell ein Feuer an. Die Flammen warfen gesprenkeltes, flackerndes Licht auf sein entstelltes Gesicht.

Ich schnappte scharf nach Luft. Plötzlich wurde mir klar, woher er seine Narben hatte.

Ulf schleuderte mir einen Blick zu, und ich presste mir eine Hand auf den Mund.

»Es war ein Feuer«, sagte er, als hätte er meine Gedanken gelesen. »Meine Feinde haben mich in eine brennende Hütte gelockt. Haakon hat mich nach draußen gezogen.«

»Nicht viel vermag, einen Berserker zu töten«, fügte Haakon hinzu. »Aber was immer der Heiler für seine Haut benutzt hat, es hat bei ihm Narben hinterlassen.«

Ulf wandte sich mit einem Knurren ab.

»Er spricht nicht gern darüber«, erklärte Haakon mit

leiser Stimme. »Ich würde das Thema meiden. Und sei vorsichtig, wann immer du ein Feuer anzündest.«

»Das mache ich«, versprach ich ihm. Mir würde nicht im Traum einfallen, das Thema vor Ulf anzusprechen. Es schien ihn nicht nur zu beunruhigen, es wäre auch entsetzlich unhöflich.

Haakon trank den gesamten Inhalt eines Wasserschlauchs. Ich stand auf, um den Zweiten zu holen, musste dafür aber nah an Ulf vorbei.

Als er sich plötzlich erhob, erschrak ich.

»Jage ich dir Angst ein?«, fragte er in harschem Ton.

»Nein«, erwiderte ich vorsichtig. »Nicht mehr als er.« Ich deutete mit dem Kopf auf Haakon.

»Du fürchtest dich?«, fragte Haakon, als ich mich mit dem frischen Wasserschlauch neben ihn kniete. »Das ist aber nicht, was ich an dir rieche.«

»Natürlich fürchte ich mich. Immerhin habt ihr mich entführt.«

»Wir haben dich gerettet«, berichtigte Haakon.

»Na ja, ich wusste vorher ja nicht, dass ich gerettet werden musste.« Als ich dem Verwundeten die Stirn abwischte, fragte ich mich, ob er stärker war, als er aussah.

»Und jetzt?«

Ich wippte auf die Fersen zurück. Etwas an Haakons hilflosem Zustand verleitete mich zu Ehrlichkeit. »Ich weiß nicht, wer gefährlicher ist. Ihr oder diejenigen, die laut euch hinter mir her sind.«

»Wir sind beide gefährlich, Kleines«, sagte Haakon und nahm mir das Tuch ab. Seine Knöchel streiften die Seite meines Busens, und ich zuckte zusammen. Seine Berührung löste ein Kribbeln meiner Haut und ein plötzliches Bewusstsein in meinem Körper aus. »In vielerlei Hinsicht gefährlich. Aber du kannst uns vertrauen.«

Ich zwang mich zu einem steifen Nicken, obwohl sich mein Körper an ihn lehnen wollte, angezogen von seinem beruhigenden Ton. Ich musste bei klarem Verstand bleiben. Musste überleben.

Haakon zog die Augenbrauen hoch. »Du hast dich ziemlich fest an mich geklammert, als ich dich geküsst habe.«

Ich presste die Lippen zusammen und schüttelte den Kopf. An diesen Kuss durfte ich nicht denken. Es war mein *erster* Kuss gewesen. Die Lippen eines Mannes, die meine beanspruchten.

Und was für ein Mann! Sogar blutig auf dem Boden bot er einen beeindruckenden Anblick. Die Arme von dicken Muskelsträngen überzogen, Beine wie Baumstämme.

Ich beugte mich über ihn, um einige rostrote Schlieren von seinem linken Arm abzuwaschen. Dabei packte er mich mit einem Griff so stark wie der eines gesunden Mannes.

»Du riechst süß, wie eine Pflanze. Wie Lorbeer.« Er hob sich meine Finger an die Lippen.

»Ich bin sicher, es ist nicht schicklich, so zu reden.«

Er ließ ein Lachen vernehmen. »Schicklich? Hat man dir das auch im Kloster beigebracht?«

»Ja. Freundlich und lieb sein und immer gehorchen.« Ich warf die Haare zurück, reckte das Kinn vor und presste gleichzeitig die Beine zusammen. Mir war sehr heiß, und ich fühlte mich seltsam. Zwischen meinen Schenkeln spürte ich eine sickernde Nässe, dabei hatte ich meine Tage eben erst gehabt. Sie konnten unmöglich schon wieder einsetzen.

»Gehorchst du immer? In der Küche hast du das nicht getan.«

Ich zögerte. Lügen galt als Sünde, und auch die Krieger schienen keine Lügen zu mögen. »Ich gehorche nicht oft.«

»Dann werden wir es dir wohl beibringen müssen,

Liebes. Obwohl auch Ungezogenheit sehr reizvoll sein kann.«

Ich wollte ihm gerade mitteilen, dass es sich auch nicht schickte, darüber zu sprechen, als sich Ulf hinter uns räusperte.

13

HAAKON

Du sollst genesen, Bruder. Nicht unsere Gefährtin zu dir ins Bett locken. Ulf klang missbilligend, aber als er den Kopf hob und schnupperte, funkelten seine Augen golden. Der warme Pflanzenduft der Frau stieg in Wellen auf und wurde mit jedem verstreichenden Augenblick stärker. Ihr Busen füllte mein Blickfeld aus. Blass und wogend. Sie blinzelte heftig, die prallen Lippen leicht geöffnet.

Sie steht kurz vor der Brunst, meldete ich. *Sie spricht auf uns an.*

Genug, Haakon. Du musst dich ausruhen.

Verdirbst du mir jetzt schon den Spaß? Aber er hatte recht. Ich musste schlafen, obwohl ich mich nicht darauf freute. Die Magie kräuselte sich um meine Knochen und fügte sie effizient, wenn auch schmerzhaft zusammen. Meine Träume würden Qualen sein. Ich wollte lieber mit dem Anblick der schwarzhaarigen Schönheit vor mir wach bleiben. Sogar in einem zerrissenen, dreckigen Untergewand verursachte mein kleines Kindermädchen erfreuliche Regungen in meinem ...

»Lorbeer«, unterbrach uns Ulf erneut. »Ich gehe los zur Jagd. Kann ich dir meinen Bruder anvertrauen?«

»Ja.« Sie reckte das Kinn vor. »Das hast du ja schon einmal.«

»Ich will dein Wort haben.«

»Ich will, dass er überlebt.« Ihre Stimme wurde sanfter, als sie sich mir zudrehte. »Du hast mir das Leben gerettet. Ich stehe in deiner Schuld und werde es dir vergelten.«

»Ein Waisenkind mit Ehrgefühl?« Ulf zog die Augenbrauen hoch. Lorbeer gefiel sein Spott nicht.

»Von euch kann ich das nicht behaupten, so, wie ihr mitten in der Nacht hereingeplatzt seid und mich entführt habt«, sagte sie barsch und errötete, als ihr klar wurde, wie sehr sie ihre Entführer gerade herausgefordert hatte. Bevor sie zurückschrecken konnte, packte ich ihr Handgelenk.

»Deine Zunge hat darunter jedenfalls nicht gelitten.« Ich grinste. »Das gefällt mir.«

»Ich hole noch mehr Wasser, bevor ich gehe«, kündigte Ulf an. *Jetzt dürfte sie dich nicht mehr im Stich lassen.*

Hat denn die Gefahr bestanden, dass sie es getan hätte?

Sie hat sehnsüchtig in den Wald geschaut.

Mich sieht sie noch sehnsüchtiger an. Ich streckte mich vorsichtig und spreizte die Beine ein wenig. Es tat weh, doch das war es wert, als sich sah, wie Lorbeers Gesicht beim Anblick meines Schritts errötete.

Meinst du, ja?, gab Ulf zurück und warf die Wasserschläuche zu Boden, verfehlte nur knapp meinen Kopf. Zu spät fiel mir ein, wie empfindlich er wegen seiner Narben war.

Sie sieht auch dich an, Bruder, fügte ich nachträglich hinzu. Er war bereits davongegangen, verschwand im Wald und ließ mich mit dem blassen, süßen Frauchen zurück.

»Sind wir hier sicher?«, platzte sie heraus.

»Sicher genug. Und Ulf wird dafür sorgen, dass es so bleibt.« Ich rang mir ein Lächeln ab. Es widerstrebte mir zutiefst, so schwach zu sein.

Lorbeer zitterte und zog die Knie an die Brust. Mittlerweile war der finsterste Teil der Nacht angebrochen, und nicht einmal der Schein des Feuers konnte den Schrecken der Dunkelheit fernhalten.

»Komm zu mir, Mädchen«, stieß ich atemlos hervor und streckte mich nach ihr. Kurz schrak sie zurück, bevor sie sich eines Besseren besann. »Ich werde dir nicht wehtun.«

»Du bist krank. Du kannst mir gar nicht wehtun.«

Sogar mit gebrochenem Rückgrat hätte ich sie zu überwältigen vermocht, aber das erwähnte ich nicht.

»Leg dich hierher.« Ich klopfte auf den Boden an meiner Seite.

Lorbeer biss sich auf die Unterlippe, wirkte müde und elend.

»Ich biete dir meine Wärme an, sonst nichts. Ich werde mir nichts nehmen, was du nicht geben willst.«

Sie nickte knapp, dann ließ sie sich neben mir nieder. Steif lag sie an meiner Seite.

Mit einem Stöhnen schob ich den Arm um ihre Schultern.

»Haakon, nein, du sollst nicht ...«

»Still.« Ich drückte sie an meine Seite. Nach einer Weile entspannte sie sich.

»Schlaf, Kleines. Es war eine anstrengende Nacht.«

»Ich glaube nicht, dass ich schlafen kann«, flüsterte sie.

Ich verstärkte den Griff um sie und wünschte, ich könnte mich auf sie wälzen, an ihren Kurven und geheimen Stellen lecken und saugen, um sie mit Lust zur Erschöpfung zu treiben. Danach würde sie gut schlafen und schöne Träume haben. Als hätte sie meine Gedanken gelesen, wurde ihr zuvor abflauender Duft wieder durchdringender. Sie zitterte, aber ihr Gesicht war gerötet. Als sie wegrutschen wollte, hielt ich sie zurück.

»Was ist denn, Mädchen?«

»Ich fühle mich nicht gut«, murmelte sie.

»Hast du dich schon mal so gefühlt?«

»Nein«, lautete ihre leise Antwort. Ihre Beine bewegten sich unruhig, aber ich ließ sie nicht los. »Ich bin sicher, das geht vorbei.«

Meine Finger wanderten von ihrem Arm zur Erhebung ihres Busens. Als ich die glatte Haut ihres Arms streichelte, atmete sie scharf ein, hielt mich jedoch nicht davon ab.

»Du genießt es, hier bei mir zu liegen.«

»Nein.« Sie schnaubte.

»Du lügst, Kleines. Versuch nicht, mich zu täuschen«, warnte ich sie. Dann senkte ich die Stimme. »Jetzt sag mir, was du empfindest.«

Ihre Stimme ertönte sehr kleinlaut. »Ich weiß es nicht.«

»Du verzehrst dich nach deinen Gefährten.«

»Nein!«, widersprach sie scharf, und ich hob die Hand, legte sie wie einen Kragen um ihren Hals.

»Schon wieder eine Lüge. Ich hab dich gewarnt, Liebes. Sagst du noch einmal die Unwahrheit, wirst du bestraft.«

Ihr Puls pochte unter meinen Fingern, die Luft füllte sich mit ihrem süßen Duft.

»Du hast keine Angst vor mir. Du hast Angst davor, wie du dich fühlst.«

»Du verstehst das nicht«, flüsterte sie. »Ich bin ein braves Mädchen. Ich sollte solche Dinge nicht fühlen.«

Ich nahm ihr Kinn in die Hand und streichelte mit dem Daumen ihre Lippen.

»Du bist unsere Gefährtin. Du reagierst so, wie du es

solltest.« Meine Hand wanderte ihre Brust hinab, fuhr die blassen Erhebungen ihres Busens nach.

»Ich weiß nicht, was mit mir passiert.« Ihre Stimme klang so brüchig, dass ich aufhörte, sie mit den Fingern zu reizen.

»Beruhig dich, Liebes. Du hast nichts zu befürchten. Genau dafür haben wir dich aus dem Kloster geholt. Du wirst uns als Gefährtin dienen, und wir werden dich immer ehren.«

Ein leises Wimmern entrang sich ihrer Kehle, aber sie klammerte sich an mir fest.

»Du wirst es schon bald verstehen.« Ich streichelte ihr Haar, bis ihr Körper mit meinem verschmolz. Ihre Atem wurde gleichmäßig, als sie ins Reich der Träume sank.

Mit dem Wunsch, sie richtig halten zu können, schlief auch ich ein. Es lag ein Jahrhundert zurück, dass ich zuletzt eine Frau so in den Armen gehabt hatte. Ich freute mich auf einen neuen Tag mit meiner so leicht errötenden, jungfräulichen Gefährtin und ihrem Honigduft.

Aber als ich aufwachte, war sie verschwunden.

14

LORBEER

Ein Anflug von Schuldgefühlen schmerzte mein Herz, als ich von Haakons Seite wegschlich. Er schlief tief und fest, zuckte kaum, als ein Schmetterling über sein Gesicht flatterte und auf seinem Knie landete. Das Tageslicht betonte die Züge seines friedlichen Gesichts und die verrenkten Konturen seines Körpers. Er heilte zwar, aber die zornigen Striemen und die aufgebrochene Haut verrieten mir, dass er noch mindestens einen Tag liegen bleiben und genesen musste.

Ein gewöhnlicher Mann wäre längst tot gewesen.

Ich sollte bleiben, ihn pflegen, mein Versprechen halten. Aber seine Berührung in den dunkelsten Stunden der Nacht hatte in mir Gefühle erweckt, die ich nicht kontrollieren konnte – Gefühle, die besser weiterhin ruhen sollten.

Also ließ ich einen Wasserschlauch zurück, nahm mir den anderen und schlich mich davon.

Ich fand in der Dunkelheit den Weg, über den Ulf mich geführt hatte. War es nur eine Nacht gewesen? Ich war immer noch müde, und mein Körper schmerzte nach wie vor von dem Sturz.

Schon nach wenigen Schritten brannten meine Beine. Ich hatte mein Leben im Schutz des Klosters verbracht und mich nur selten außerhalb von dessen Mauern bewegt. Manchmal verschlugen mich Besorgungen ins Dorf, um ein besonderes Fleisch oder Gewürz zu kaufen. Aber seit ich zur Frau herangewachsen war, fand ich meist andere, die an meiner Stelle gingen. Männer starrten meinen kurvigen Körper nämlich an, als wäre ich ein Stück Fleisch, das sie kaufen wollten. Ich blieb gern in der Küche, schuftete an den heißen Töpfen und am Ofen und verließ den Raum nur, um ein Kraut zu pflücken oder bei der Ernte zu helfen.

Wie konnte es nur dazu kommen, dass ich hier durch den Wald stolperte und Schuldgefühle an mir nagten, weil ich meinen Entführer und zugleich Retter am Fuße eines hohen Felsens liegen ließ?

Gestrüpp zerrte an meinem zerlumpten Gewand, und ich zog mir das Kleidungsstück dicht an den Körper. Der dünne Stoff bot mir so wenig Schutz, genauso gut hätte ich nackt sein können.

Kein Wunder, dass Haakon mich so hungrig ansah.

Und doch war er sanft. Er entsetzte und besänftigte mich gleichermaßen, und sein innigster Wunsch schien zu sein, sich zwischen mich und meine Angst zu schieben. Nur eine Nacht, und schon konnte mir kaum vorstellen, ihn zu verlassen. Oder Ulf – so streng er wirken mochte, er achtete stets darauf, die vernarbte Seite seines Gesichts von mir abzuwenden, um mich nicht zu erschrecken. Könnte ich ohne diese Krieger überleben? Wenn es den Totenkönig wirklich gab und er mir etwas antun wollte, war es dann klug, aus ihrem Schutz zu flüchten?

Je mehr ich darüber nachdachte, desto zögerlicher wurden meine Schritte.

*Allein bin ich sicherer als bei ihnen. Sie bewirken, dass ich ...
Dinge fühle.*

Ich erreichte den Bach und kniete nieder, um den Wasserschlauch zu füllen. Als ich den Kopf hob, starrte mich ein riesiger Wolf aus dem dichten Unterholz an. Ich erstarrte wie ein Kaninchen, zitterte mit weit aufgerissenen Augen, konnte mich weder bewegen, noch atmen.

Das Raubtier schlich mit leuchtenden Augen auf mich zu. Im Maul trug es mehrere schlaffe, pelzige Körper. Es hatte bereits sein Abendessen erlegt, eine Handvoll Kaninchen.

Vielleicht würde es mich nicht wollen.

Ohne mich aus den Augen zu lassen, senkte es den Kopf und legte seine Beute ab.

Die Luft flimmerte. Ein Windstoß erhob sich und roch wie die dichte, schwere Luft nach starken Regenfällen. Der Wolf ... verwandelte sich. An seiner Stelle erhob sich ein Mann, nackt bis auf ein Fell um die Schultern.

Kreischend rannte ich in die Richtung zurück, aus der ich gekommen war.

15

ULF

Lorbeer stürzte aus dem Gebüsch hervor. Ihre weißen Waden blitzten unter ihrem Gewand auf. Sogar verängstigt verströmte sie einen durchdringenden Duft, der die Bestie ansprach. Ich hätte sie mit Freunden meilenweit verfolgt, aber ich schnappte sie mir, bevor sie sich verletzen konnte.

»Unartiges Mädchen. Was habe ich übers Herumlaufen im Wald gesagt?«

Sie erstarrte, als sie meine Stimme erkannte. Ich drehte sie so herum, dass sie die Missbilligung in meinem Gesicht sehen konnte. Zu spät wurde mir klar, dass ich ihr dadurch auch deutlich meine Narben zeigte. Aber im grellen Tageslicht zuckte sie bei dem hässlichen Anblick nicht zusammen.

»Was habe ich dir gesagt?« Ich schüttelte sie. Meine Angst ließ mich wütend werden. Noch eine Stunde, dann hätte sie es vielleicht aus unserem Schutzkreis geschafft. Ich hatte geahnt, dass sie weglaufen würde, hatte damit gerechnet. Ich hatte nur gehofft, sie würde damit warten, bis sie kräftiger wäre und keine Gefahr mehr von unseren Feinden drohte.

Ohne eine Erwiderung abzuwarten, warf ich sie mir über die Schulter und stapfte zurück ins Lager.

Haakon wartete wach auf mich, die Hände hinter dem Kopf verschränkt, als hätte er sich nur kurz hingelegt. Die Anspannung in seiner Kieferpartie verriet mir, dass die Magie ihre heilende Wirkung entfaltete und er Schmerzen litt.

»Sieh nur, was ich im Wald gefunden habe.« Ich stellte Lorbeer ab, und sie wich von mir weg.

Meine Kleidung und Waffen hatte ich im Wald zurückgelassen, da ich mich als Wolf auf die Jagd begeben hatte. Nach der Verwandlung blieb ich nackt zurück, nur mit einem Fell über den Schultern. Vor meiner Nacktheit schien sie sich mehr zu fürchten als vor allem anderen. Dummes Mädchen.

»Was für ein wunderbarer Fang«, meinte Haakon laut. Über unsere Bindung fügte er hinzu: *Ich hatte ja auf frisches Fleisch gehofft, aber sobald ich ordentlich gegessen habe, hätte ich nichts dagegen, sie zu vernaschen. Bestimmt schmeckt sie herrlich.*

Ich stimmte ein grölendes Lachen an, und Lorbeer zuckte erschrocken zusammen. Dann nahm ich ein Seil, fesselte ihre Handgelenke, schlang ihr eine Schlaufe um den Hals und führte sie wie ein Haustier zu Haakon.

»Behalte sie in der Nähe«, befahl ich und übergab ihm die Leine.

»Ist schon gut, Liebes«, hörte ich Haakon beruhigend auf sie einreden, als ich davonmarschierte. »Er wird nicht lange wütend bleiben.«

Ich ging zurück zum Bach, wo ich den Wasserschlauch und die Kaninchen einsammelte. Wieder im Lager schürte

ich das Feuer, häutete und zerteilte das Wild und ließ die
Spannung wachsen.

Ich hätte dich nicht für so grausam gehalten, Ulf.

*Ich bin nicht grausam, indem ich sie warten lasse. Ich möchte
nur ruhig sein, wenn ich unsere Gefährtin bestrafe.*

*Ich habe nicht davon geredet, dass du sie warten lässt.
Bestimmt ist sie froh, wenn sich ihre Züchtigung verzögert. Ich
habe mich gemeint.* Haakon tat so, als würde er schmollen.
*Ich will sehen, wie du sie bestrafst. Ich bin unpässlich, mir
bleiben nur so wenige Freuden.*

Ich musste mir in die Wange beißen, um ein Lächeln zu
verbergen.

Im Ernst, Ulf, sie ist schon zerknirscht genug.

Lorbeer saß mit hängendem Kopf da. Sogar, als ich das
Fell von meinen Schultern zog und über ihre Knie legte,
schaute sie kaum auf.

»Für dich«, sagte ich. »Um dich zu wärmen. Neue Kleidung besorge ich dir, wenn ich das nächste Mal aufbreche.
Diesmal habe ich es für besser gehalten, nicht lange auf der
Jagd zu sein. Und das war gut so, denn wäre ich später
zurückgekommen, hättest du dich vielleicht schon verirrt
gehabt. Oder wärst in eine Schlucht gestürzt. Oder von den
Dienern des Totenkönigs gefangen genommen worden –
und wer weiß, welches Übel dir dann widerfahren würde?«
Grob fuhr ich mir mit der Hand durchs Haar. Mir schnürte
eine Angst das Herz zusammen, wie ich sie seit einem Jahrhundert nicht mehr empfunden hatte. »Hast du gewusst,
dass wir Hasel aus einer mit Knochen gefüllten Höhle
gerettet haben? Was immer der Totenkönig mit den *Holzmouwas* anstellt, keine von ihnen überlebt. Sie ist nur dank
uns noch am Leben.« Meine Stimme hallte über die Felsen.
Lorbeer saß wie ein Häufchen Elend mit dem Fell in den
Händen da und weinte.

»Ach, Mädchen«, tröstete Haakon sie. *Das reicht, Ulf.*

»Es tut mir leid.« Lorbeer schluchzte. »Ich will nicht gehen. Aber ich muss. Ich kann nicht hier bleiben.«

Ich kauerte mich neben sie und legte durch das Fell die Hand auf ihr Knie. Ihre blasse Haut errötete mit den ersten Anzeichen der fieberhaften Lust, die sie als *Holzmouwa* und somit als perfekte Berserker-Gefährtin kennzeichnete. Ich wollte sie wie mein Kriegerbruder mit süßen Worten trösten, aber meine Stimme ertönte so barsch wie eh und je.

»Du kannst weglaufen, aber wir werden dich niemals gehen lassen. Du gehörst jetzt uns.«

16

LORBEER

Ulf überließ mich meinen Tränen. Haakon hielt das Seil, das meine Handgelenke fesselte und wie ein Kragen um meinen Hals lag, aber er erwies sich als sanft und zog nicht daran. In unregelmäßigen Abständen spannten sich seine Muskeln an, und er atmete scharf ein. Sein Körper versteifte sich, Schweißperlen bildeten sich auf seiner Stirn. In solchen Augenblicken hätte ich mich leicht von meiner Leine befreien können, aber ich schämte mich so sehr, dass ich stattdessen neben dem leidenden Krieger auf den Knien blieb.

Ich war wirklich ein verruchtes Mädchen. Mitgefühl war eine Sache, aber wie hatte es sich ergeben, dass mir etwas an so gefährlichen Männern lag? Was stimmte nicht mit mir?

»Hast du Angst vor Ulf, Mädchen?«, fragte er mich, als sich das schlimmste Leid gelegt hatte. »Er wird wir dich nicht zu hart bestrafen.«

Ich biss mir auf die Unterlippe. »Er ... er war ein Wolf.«

»Ah, ja. Das ist eine unserer Gestalten«, sagte Haakon schlicht, als wäre damit alles Außergewöhnliche erklärt.

»Aber selbst, wenn wir Wölfe sind, hast du nichts zu befürchten.«

»Also kannst du dich auch in einen Wolf verwandeln?«

»Ja. Groß, dunkel und pelzig.« Er wackelte mit den Brauen. »Die Damen sind begeistert davon.«

Ich war zu verblüfft, um über seinen Scherz zu lachen. »Ist das ein Teil des Fluchs?«

»Ja. Ein Teil, der eher ein Geschenk ist.«

Ein Schatten fiel über mich. Ich zuckte zusammen, aber Ulf schenkte mir keine Beachtung.

»Hier.« Ulf bot Haakon einen Spieß mit Fleisch an und hielt ihn, während der verwundete Krieger langsam aß.

Ich setzte mich missbilligend auf. »Das ist fast roh.« Das blutige Fleisch drehte mir den Magen um. Ulf sah mich an, erwiderte jedoch nichts.

»Es ist gut«, murmelte Haakon zwischen zwei Bissen.

Als Ulf zurück zum Feuer stapfte, folgte ich ihm so weit, wie es das Seil zuließ.

»Er braucht Brühe. Suppen heilen. Ich kann sie kochen.«

»Wir sind hier nicht in einer Küche.«

»Kannst du nicht einen Topf aus dem Dorf mitbringen, wenn du mir ein neues Gewand besorgst?«

»Wir sollten besser nicht zu lang hier lagern.«

»Du kannst ihn nicht bewegen. Noch nicht.« Vielleicht nie. Ich schluckte meine Zweifel hinunter, aber Ulf schien sie zu spüren.

»Er *wird* gesund«, beharrte er mit düsterer Miene.

»Er wird *schneller* gesund, wenn ich Suppen kochen kann.« Ich benahm mich lächerlich, doch das war mir egal. Besser, ich zeterte und zankte, als darüber nachzudenken, wie ich mich wirklich fühlte.

Ulf grunzte. Er befreite meine Hände, damit ich essen

konnte, und gab mir einen Fleischspieß, bevor er den Rest zu Haakon brachte.

»Iss, Kleines«, drängte Haakon, als er bemerkte, dass ich mit dem Spieß in der Hand nur dasaß. Wenigstens war meine Portion des Kaninchens gut durchgebraten.

Haakon und ich schlugen uns die Bäuche voll, Ulf hingegen aß keinen Bissen.

»Kannst du die Beine bewegen?«, fragte Ulf, nachdem sich Haakon das letzte Fett vom Gesicht gewischt und fast einen vollen Wasserschlauch ausgetrunken hatte.

Haakon nickte.

»Zeig es mir.« Ulf stand über dem verwundeten Krieger und beobachtete aufmerksam, wie Haakon eine Reihe von Übungen machte, die frische Schweißperlen auf seiner Stirn hinterließen.

Ulf bückte sich, um ihm die Stirn abzuwischen. »Vielleicht muss ich dir den Rücken schienen.«

Schwer atmend vor Anstrengung schüttelte Haakon den Kopf.

»Wenn er falsch heilt, müssen wir ihn noch einmal brechen.«

»Ich weiß«, stieß Haakon keuchend hervor.

»Kannst du dich verwandeln?«

»Noch nicht. Ich bin ...« Haakon ließ den Satz unvollendet.

Ulf legte ihm eine Hand auf die Schulter. »Ruh dich aus. Du wirst wieder gesund. Und wenn ich eine Hexe rufen muss ...«

»Nein. Keine Hexen.«

»Na schön. Dann hast du hier dein Kindermädchen.«

Ulf zerrte an meiner Leine. Ich setzte mich auf und versuchte, meinen blassen Patienten anzulächeln.

»So hübsch.« Haakon ließ keine Gelegenheit aus, mir zu

schmeicheln. »Allein ihr Anblick genügt, um mich zu heilen.«

Ulf schnaubte. Seine Gutmütigkeit verblasste, als er sich mir zudrehte.

»Ich unternehme einen Rundgang. Ich bin bald zurück. Wenn du noch mal wegläufst, fessle ich dich so, dass du dich nicht mehr rühren kannst. Und deine Strafe fällt doppelt so hart aus. Sag mir, dass du mich verstanden hast.«

»Ich verstehe«, flüsterte ich. Erst, als der vernarbte Krieger gegangen war, wagte ich, wieder zu atmen.

Ich kauerte mich neben Haakon und legte kühle Tücher auf seine Stirn. Das Fieber loderte wieder und rötete seine Wangen. Ein Krampf durchzuckte ihn, dann ein weiterer, der seine Beine zum Erzittern brachte, bevor er erschlaffte.

Ich strich ihm das Haar zurück und blickte in seine glasigen Augen, bis er blinzelte.

»Tut es sehr weh?«

»Es ist besser, wenn du hier bist.«

Wieder biss ich mir auf die Unterlippe und ließ den Kopf sinken. Haakon ergriff mein Handgelenk. »Was ist, Mädchen?«

»Ich sollte nicht hier sein.«

»Warum nicht? Bei uns bist du in Sicherheit.«

Vage schüttelte ich den Kopf.

»Hat dir ein Mann wehgetan?« Sein Tonfall wurde so düster, dass ich jäh zu ihm aufschaute.

»Nein. Ich habe mich nicht oft aus dem Kloster gewagt und mich mit Sicherheit nicht unter Männer verirrt. Ich war ein braves Mädchen.«

»Das bist du noch.« Er streichelte meinen Oberschenkel. Wieder breitete sich Hitze durch mein Innerstes aus. Mein Körper erwachte wie eine Blume, die sich der Sonne zuwendet.

Ich atmete tief durch und rang mit dem Verlangen, abermals wegzulaufen. Als ob er es gefühlt hätte, benutzte er die Leine, um mich näher zu sich zu ziehen.

»Du schämst dich.«

»Wenn du mich berührst, fühle ich mich ... seltsam.«

»Und fühlt sich das gut an?«

Ich schaute weg. Lügen konnte ich nicht, aber ich konnte auch nicht die Wahrheit sagen.

»Wo ist die Kämpferin, die uns in der Küche herausgefordert hat?« Er legte mir die vor Anstrengung leicht zitternde Hand auf die Wange. Ich ergriff sie und hielt sie hoch, während er meine Wange streichelte.

»Du läufst nicht vor uns weg. Du läufst vor dir selbst weg.« Mit der Aussage erschlaffte er, und ich ließ seinen Arm sinken.

»Ich sollte mich nicht so fühlen.« Mein Blick blieb zu Boden gerichtet.

»Kein Weglaufen mehr. Wir helfen dir, dich deinen Ängsten zu stellen. Wir sorgen für deine Sicherheit.«

»Ihr lasst mich Dinge fühlen«, flüsterte ich, als seine Finger verspielt über meine Schenkel tänzelten. »Es wäre besser gewesen, wenn ihr mich in der Küche gelassen hättet.«

»Du willst dich verstecken? Du willst all deine Schönheit wegsperren? Sieh mich an, Lorbeer.« Er wartete, bis ich dem Blick seiner goldenen Augen begegnete. »Du musst annehmen, wer du bist.«

»Das ist nicht richtig.«

»Doch, ist es.«

Ich schüttelte den Kopf. »Das ist nicht, was man uns gelehrt hat.«

»Dann werden wir dich Neues lehren. Aber nicht sofort. Im Augenblick möchte ich nur neben einer wunderschönen

Frau liegen und vor mich hin dösen.« Er zog an der Leine, bis ich mich neben ihn legte.

Wir schliefen zusammen im Sonnenlicht ein. Ich ruhte dabei an die Seite des Kriegers geschmiegt. In der vergangenen Nacht hatte ich nicht viel geschlafen, dafür tief und friedlich. So sehr diese Krieger meinen Geist beunruhigten, mein Körper fühlte sich bei ihnen wohl. Wie eine fest verschlossene Knospe, die sich nach mehr sehnt. Die Krieger schienen das Geheimnis zu kennen, wie man eine solche Knospe dazu brachte, sich zu öffnen. Nicht mit harschen Worten oder zornigen Schlägen, sondern mit sanftem Sonnenschein und zartem Regen. Bald würde mein Körper erblühen. Ich würde mich ihnen hingeben, und sie würden mich nicht einmal berühren müssen.

Ich erwachte mit einem Ruck, als Ulf die Lichtung mit einem großen Kessel betrat, in dem es schwappte, als wäre er mit Wasser gefüllt. Die Muskelstränge des Kriegers spannten sich an, als er ihn behutsam in der Nähe des Feuers abstellte.

»Dein Topf, holde Dame«, sagte er. »Und ...« Aus einem behelfsmäßigen Bündel holte er ein Damenkleid hervor, das er als hellroten Brokat in dicken Falten bis auf den Boden ausrollte. Mir stockte der Atem. Bevor mir bewusst wurde, was ich tat, war ich bereits zu ihm gegangen, um den feinen Stoff zu berühren.

»Knallig wie die Brust eines Rotkehlchens«, murmelte Haakon. »Der Totenkönig wird nicht hellsehen müssen, um sie zu finden. Außer in einem Mohnfeld wird sie damit überall hervorstechen.«

»Der Totenkönig kann sie genauso riechen wir. Der Farbton ihres Kleids spielt keine Rolle«, entgegnete Ulf und drehte sich mir zu. »Wir lassen nicht zu, dass er es in deine Nähe schafft. Ich dachte mir, die Farbe würde zu deiner hellen Haut und deinem dunklen Haar passen. Und zu deinen Lippen, die schillern wie reife Beeren.«

»Ich ...« Unwillkürlich leckte ich mir die Lippen und schaute von Ulf zu dem Kleid. »Danke.«

Aber als ich danach griff, hielt er es weg.

»Nicht so schnell. Du musst immer noch bestraft werden.«

Ich schluckte.

»Wenn wir in der Hütte wären«, fuhr Ulf fort, »hätte ich dich von Anfang an ausgezogen, bis du dir deine Kleidung zurückverdient hättest. Nackt würdest du nicht weit weglaufen.«

Haakon schmunzelte.

Ulf legte das Kleid über einen sauberen Stein. »Aber ich will nicht, dass du dich erkältest. Du wirst dein Unterge-wand tragen und das Wasser hier benutzen, um Haakon zu waschen.« Er deutete in Richtung des Kessels.

Meine Hände krallten sich in mein dünnes Leibchen. »Ihn waschen?«

»Komm schon, Mädchen. Bin ich so furchterregend?« Haakon grinste. Seine Schmerzen schienen immer dann nachzulassen, wenn er mich aufzog.

Ich schüttelte den Kopf. Der große, ramponierte Körper des Kriegers würde besser aussehen, wenn er von Blut gerei-nigt wäre. »Aber ...« Ich wandte mich wieder Ulf zu. »Was ist mit seiner Hose?«

Der vernarbte Krieger reichte mir ein Messer mit großer, scharfer Klinge.

»Oh nein«, meldete sich Haakon zu Wort. »Wessen Bestrafung ist das? Du lieferst mich der Gnade einer Frau und eines langen Messers aus?«

»Sie kann dich auch rasieren«, rief Ulf über die Schulter, als er mit der Axt über der Schulter davonmarschierte.

»Ich scherze nur, Mädchen. Ich vertraue dir.«

Ich schluckte schwer. Ich vertraute mir selbst nicht.

»Ist schon gut, Lorbeer. Gib her.« Haakon benutzte die Klinge, um seine Hose aufzuschneiden. Ich half dabei, die Lumpen zu entfernen, wobei ich sie behutsam so wegzog, dass seine Gliedmaßen nicht durchgeschüttelt wurden. Den Lendenschurz ließ ich ihm. Aber als ich mich über ihn beugte und sich mein Haar auf seine Mitte legte, atmete er scharf ein. Ich erstarrte. »Habe ich dir wehgetan?«

»Es ist nichts weiter«, presste er heraus. »Aber ich wüsste etwas, wodurch ich mich besser fühlen würde.«

»Was?«

»Wenn du mich nackt wäschst.« Er zwinkerte.

»Das werde ich nicht tun!« Ich schnappte empört nach Luft, obwohl sich Hitze in mir ausbreitete, eine ruchlose Erregung, die ein Ziehen in meinen Lenden auslöste.

»Komm schon, Mädchen.« Er hob ein Tuch auf und warf es mir zu. »Das ist deine Bestrafung.« Dann legte er sich grinsend zurück, während mein Blick über seinen Körper wanderte. Er war so breit und so kräftig, trug nur einen Lendenschurz, der sich durch seine lange Härte wie ein Zelt aufgerichtet hatte. Nur ein kleines Stück zur Seite geschoben, dann wäre er völlig nackt für mich ...

»Lorbeer«, riss mich Haakon aus meiner Träumerei. Ich errötete, und er lachte. »Brauchst du eine Anleitung dafür, wie du mich waschen sollst?«

»I-ich weiß nicht, ob ich das tun kann.« In seiner Gegenwart wurde mein Körper lebendig. Ich wusste, dass einige meiner Waisenschwestern an einem Fieber litten, das sie vor Lust stöhnen ließ. Sie hielten es geheim, denn wenn die Nonnen davon erfuhren, wurden sie von ihnen bestraft. Wenn ich Haakon so berührte, wie ich wollte, wäre meine Begierde nicht mehr geheim.

»Bitte, Mädchen. Du hast versprochen, dich um mich zu kümmern.« Haakon tat so, als wäre er zerknirscht, aber ich ließ mich nicht täuschen.

»Du musst dich benehmen«, sagte ich zu ihm.

Das verruchte Funkeln in seinen Augen verriet mir, dass er nichts dergleichen vorhatte.

Schnaubend befeuchtete ich die Tücher und machte mich an die Arbeit. Der Schmutz und das Blut lösten sich befriedigend schnell von seiner glatten Haut. Sanft rieb ich die langen Linien seiner Muskeln entlang, die sich unter meinen Fingerspitzen so fest anfühlten.

Ich konnte mich nicht davon abhalten, mit den Händen über die Narben auf seinem steinharten Bauch zu streichen.

»Die habe ich aus der Zeit, bevor ich ein Berserker wurde«, verriet Haakon.

»Wann war das?«

»Vor vielen, vielen Jahren. In einem Land im Norden auf der anderen Seite des Meers. Unzählige Könige sind gekommen und gegangen, seit ich jung war.«

»Wirklich?« Ich war verblüfft. Trotz all der Narben und strammen Muskeln sah Haakon nicht älter aus als ein junger Mann aus meinem Dorf.

»Die Magie hält uns jung.«

»Welche Magie könnte das bewirken?«, hauchte ich, und ein Schatten senkte sich über seine Züge.

»Keine Gute.«

Diese Traurigkeit sah Haakon so gar nicht ähnlich. Ich kümmerte mich weiter um ihn, wusch seine Muskeln, bis sie schimmerten, und tupfte sanft um seine Wunden herum. Ich fädelte sogar ein Tuch zwischen seinen Zehen hindurch.

»Das fühlt sich gut an.« Er seufzte wohlig, und ich bettete seinen Fuß auf meinen Schoß, rieb die Sohle und hoffte, er würde sich bald entspannen und wieder scherzen. Die Stille, die plötzlich auf uns lastete, gefiel mir nicht.

»Es war ein Wettbewerb«, ergriff er unverhofft das Wort. Ich massierte stumm seine Füße. »Es gab einen Jarl, der König werden wollte. Er rief zu einem Wettbewerb auf, um seine besten Krieger zu ermitteln. Ich war noch jung, aber auch stark und schnell. Mein Vater hatte mich im Kampf mit Axt und Schwert ausgebildet. Ich bin gegen alle Männer des Jarls angetreten und schnell durch die Ränge aufgestiegen.«

»War Ulf dabei?«, fragte ich.

»Aye. Er hat an meiner Seite gekämpft. Am Ende waren aus einer großen Streitmacht nur noch hundert von uns übrig. Der Jarl hat uns in fünf Gruppen zu je zwanzig Männern aufgeteilt und zu der Hexe geschickt. Ich ...«

Meine Finger gerieten ebenso ins Stocken wie Haakons Stimme.

»An viel mehr erinnere ich mich nicht«, fügte er schließlich mit rauer Stimme hinzu.

»Ist schon gut.« Ich hob mir seinen anderen Fuß auf den Schoß und massierte weiter, arbeitete mich sogar die Beine entlang hoch, um die Anspannung in den straffen Waden zu lindern.

»Die Magie macht uns stark. Nur schadet sie unserer geistigen Gesundheit. Im Laufe der Jahre nagt sie an unserem Verstand, bis wir wahnsinnig werden.«

»Wahnsinnig?«

»Aye, Mädchen. Es gibt nur ein Heilmittel. Wir müssen eine Gefährtin finden.«

Ich schürzte die Lippen. Sie hatten deutlich zum Ausdruck gebracht, dass sie mich für ihre Gefährtin hielten.

»Lorbeer.«

Ich hob den Kopf. Haakon starrte mich mit leuchtenden

Augen an. Magisch, übernatürlich. Und doch immer noch ein Mann. Es gelang mir nicht, die steife Länge zu ignorieren, die seinen Lendenschurz wie ein Zelt aufrichtete. Beim Anblick seiner Größe wurde meine Kehle trocken.

»Ich weiß, wir haben dich entführt und du hattest Angst. Ich wünschte, es hätte anders sein können. Das musst du mir glauben.«

Ich nickte.

»Du hast keine Ahnung, wie viel du uns bedeutest.«

Plötzlich ertrug ich es nicht mehr, ihn anzusehen. Ich senkte den Kopf so, dass mein Haar einen Vorhang vor meinem Gesicht bildete. Dann drückte ich sein Bein und küsste sein Knie.

»So süß. Unsere kleine Blume.«

»Ich, äh, bin fertig damit, dich zu waschen.« Ich setzte mich auf die Fersen zurück. Mein Untergewand war nass und durchsichtig geworden, aber ich versuchte nicht, mich zu bedecken. Das gehörte zu meiner Bestrafung, und Haakons Blick ehrfürchtiger Freude sorgte dafür, dass sich mein Innerstes erwartungsvoll zusammenzog. Obwohl ich seine Aufmerksamkeit natürlich nicht genoss. Redete ich mir zumindest ein. Ich zog nur den glücklichen Haakon dem gequälten Krieger vor, der mir erzählte, wie er zu seinem Fluch gekommen war.

»Ein Teil muss noch gewaschen werden«, stellte er richtig und schob seinen Lendenschurz beiseite.

Hitze schoss mir in den Hals und ins Gesicht. Seine Mannespracht stand aufrecht vom Körper ab.

»I-ich glaube nicht, dass …«

»Du bist ein bezauberndes Mädchen. Sieh nur, was du bei mir bewirkst.«

»Tut es weh?«

Durch sein Lachen gerieten die Muskeln seiner Brust in

Bewegung. »Es schmerzt vor Verlangen. Zur Linderung ist deine heilende Berührung nötig.«

Ich wusste nicht, was ich darauf erwidern sollte. Ich hatte davon gehört, wie Männer gebaut waren, und ich hatte Zuchtbullen auf dem Markt gesehen. Einer der jungen Männer im Dorf, ungefähr in meinem Alter, hatte sich vor mir entblößt und mit seinen Freunden darüber gelacht, wie ich errötet war. Ich war davongeeilt und hatte fortan Ausreden gesucht, um dem Dorf fernzubleiben. Obwohl mich der junge Mann nicht angefasst hatte, schämte ich mich.

Im Augenblick jedoch schämte ich mich nicht. Obwohl ich es sollte, tat ich es nicht.

»Gib mir das Tuch, Lorbeer«, forderte Haakon mich auf. Als ich es tat, wickelte er es um sich, drückte mit der Hand zu und wischte ein wenig auf und ab, bevor er den Lappen wegwarf. Seine große Hand begann mit gleitenden Bewegungen entlang seiner Härte, auf und ab. Er bearbeitete sich auf eine Weise, die ihm ein Grinsen ins Gesicht zauberte. Dabei ließ er mich nicht aus den Augen.

Mir wurde klar, dass ich nicht zusehen sollte. »Äh ...« Zittrig hob ich eine Hand ans Gesicht.

»Schau ruhig zu, wenn du willst«, presste Haakon zwischen zusammengebissenen Zähnen hervor. »Bald wirst du lernen, wie man das macht.«

»Das werde ich nicht«, widersprach ich atemlos.

»Ach nein? Du siehst jetzt schon aus, als wolltest du mich berühren.«

»Ich ... möchte nur, dass du dich gut fühlst ... Nein«, fügte ich schnell hinzu. »Nicht auf diese Weise. Ich möchte nur, dass es dir gutgeht.«

»Dadurch wird es mich sehr, *sehr* gutgehen«, sagte er.

Wie gebannt beobachtete ich, wie er sich bearbeitete.

Ich wusste, wie es zwischen einem Mann und einer Frau zuging – aber wie sollte ein so großes Ding in mich hineinpassen?

»Eines Tages wirst du mich mit deinem süßen Mund um meinen Schwanz wecken. Ich werde dich auffordern, jeden Zoll davon zu lecken, und du wirst wie das brave Mädchen gehorchen, das du bist. Und wenn ich fertig bin«, sprudelten seine Worte zunehmend schneller aus ihm heraus, »wirst du meinen gesamten Samen schlucken.«

Irgendetwas ging vor sich. Haakons Hüften zuckten, er grunzte, und eine weißliche Flüssigkeit schoss aus der Spitze seines Glieds und ergoss sich über seine Hand. Er fluchte wieder und wieder.

Unwillkürlich lehnte ich mich vor. »Haakon, bist du verletzt?«

»Nein, meine Süße. Hol das Tuch.« Als ich es tat, deutete er mit dem Kopf auf seine immer noch steife Männlichkeit. »Mach das sauber.« Meine Hände zitterten, als ich mich über ihn beugte.

»Eines Tages wirst du alles auflecken«, flüsterte Haakon. »Ulf und ich werden dich mit unserem Samen füllen und zeichnen, damit ihn jeder riechen kann und weiß, dass du zu uns gehörst.«

Meine Wangen fühlten sich so heiß an, dass ich fürchtete, sie könnten Feuer fangen, aber ich befeuchtete das Tuch erneut und wischte den gesamten, dicken Erguss weg. Er winkte mich zu sich, kreiste mit einem nassen Finger über meiner Brust und ließ mich dann seine Hände säubern.

Als Ulf zurückkehrte, leuchteten seine Augen wie Fackeln. Er neigte den Kopf zurück und schnupperte.

»Wie ich sehe, warst du beschäftigt.«

»War ich«, bestätigte Haakon zufrieden. »Und unsere Gefährtin hat sich ihre Belohnung verdient.«

»Ach ja?«, Ulf schwenkte den Blick von Haakon dorthin, wo ich saß, das Gesicht gerötet, die Arme um die Beine geschlungen, damit sie nicht zitterten ... wenngleich ich nicht verhindern konnte, dass meine Scham pulsierte.

»Oh ja.«

»Ich habe nichts getan«, meldete ich mich zu Wort. »Ich habe ihn nur gewaschen.«

»Und zugesehen, wie ich mich befriedigt habe. Sollte ich das nächste Mal fragen, was du gelernt hast?«

»Nein. Ich ... Nein.«

Haakon lachte. »Keine Sorge. Ich werde dich nicht dazu zwingen. Eines Tages wirst du mich darum anbetteln.«

Ich schüttelte den Kopf und starrte ihn finster an.

»Genug herumgealbert«, sagte Ulf. »Lorbeer, komm her.«

»Was jetzt wieder?«, brummelte ich, aber ich rappelte mich auf die Beine. Haakon scherzte gern, Ulf hingegen war so streng und ernst, dass ich mich nicht traute, ungehorsam zu sein.

»Es ist Zeit für deine erste Bestrafung.«

»Aber ich habe meine Strafe schon gehabt.«

»Du findest, mich zu waschen, war eine Strafe? Du bist grausam.« Haakon tat so, als schmollte er.

Ich verdrehte die Augen. Ulf zog mich zu sich, bis ich zwischen seinen Beinen stand.

»Ich habe dir ja gesagt, wir werden dafür sorgen, dass du es dir merkst.«

»Ich bin brav«, protestierte ich.

Er zog die Augenbrauen hoch.

»Ich versuche es zumindest«, räumte ich ein.

»Du machst das auch gut. Aber wir schweben in Gefahr

und erwarten uneingeschränkten Gehorsam. Unser Leben steht auf dem Spiel.«

Ich nickte.

»Bist du im Kloster bestraft worden?«

»Ja.« Ich kaute auf der Unterlippe. »Wie wollt ihr mich bestrafen?«

»Wie auch immer wir es für richtig halten. Diesmal lege ich dich über meinen Schoß, hebe deine Röcke hoch und versohle dir den Hintern, bis deine Haut gerötet ist.«

Ich schluckte. »Muss das sein?«

»Ja. Wir sind jetzt deine Herren, und du wirst tun, was wir dir sagen. Wegzulaufen, verdient eine schnelle, harte Bestrafung.«

»Du bist alles für uns. Wir werden dich immer beschützen«, fügte Haakon in sanfterem Ton hinzu, aber Ulf sah mich streng an. »Sag mir, dass du mich verstehst.«

»Ich verstehe.«

»Zieh das aus.« Er zupfte an meinem Gewand. Sein Tonfall duldete keinen Widerspruch. Als ich mir das Untergewand über den Kopf zog, dachte ich über meine Strafe nach. Er warf das Kleidungsstück weg, und ich verschränkte die Arme über der Brust, beugte mich dabei ein wenig vor.

»Zwingt ihr mich, nackt zu bleiben?«

»Nein. Aber zum Baden musst du dich ausziehen«, murmelte er.

Scharf atmete ich ein. Die Gelegenheit, sich zu waschen, hörte sich wunderbar an. Das Wasser im Kessel würde inzwischen schön warm sein.

»Ich wünschte, ich könnte dich so waschen wie du mich«, rief Haakon.

»Zuerst wird dir der Hintern versohlt.« Ulf zog mich über seine Knie. Ich klammerte mich an seine Beine, als er mich weiter neigte, bis mein nackter Hintern in der Luft schwankte. »Leg die Hände auf den Boden.« Zitternd tat ich, was er verlangte.

Zu meiner Überraschung setzten die Schmerzen nicht sofort ein. Seine große Hand legte sich auf meinen Hintern, raue Finger zeichneten meine Kurven nach.

Ich verlagerte das Gewicht. »Bitte.«

»Still«, befahl er. »Ich bereite dich auf deine Züchtigung vor. Ich will keine Blutergüsse auf dieser wunderschönen Haut hinterlassen.« Als seine Hand mein Bein entlang nach oben strich, hätte ich beinah geschrien. Glitschige Säfte sammelten sich in meiner Scham und drohten, mir die Schenkel hinunterzulaufen.

»Möchtest du, dass ich dich bestrafe?«

Ich wollte es hinter mich bringen, bevor er bemerkte, was mit mir geschah. »Ja.«

»Bitte mich darum.«

Vor lauter Demütigung krampfte sich mein Magen zusammen. »Bitte, Herr, bestraf mich.«

Ein seltenes Kichern von Ulf wärmte mich. »Wie du willst.«

Seine Hand versohlte mich, zuerst mit kurzen, jähen Klapsen, die sich steigerten, bis das Klatschen über die Lichtung hallte. Ich klammerte mich weiter an sein Bein. Die Haare hingen mir vor das Gesicht. Ein warmer Druck baute sich in meinem Innersten auf und drohte, aus mir hervorzuquellen.

»Nein.« Ich richtete mich auf. »Hör auf. Du musst aufhören.«

»Lorbeer?« Mühsam setzte sich Haakon auf. »Was ist?«

Mein geröteter Hintern pochte, aber nicht das war der Grund für mein Elend. Mit den Händen über dem Po wich ich von Ulf zurück. »Du kannst mich nicht mehr bestrafen.«

»Lorbeer, halt.« Zorn blitzte in Ulfs Gesicht auf, und ich

wagte keinen weiteren Schritt. »Leg dich wieder über mein Knie, sonst greife ich als Nächstes zur Gerte.«

»Bitte«, stieß ich schluchzend hervor, doch ich tat, was er verlangte.

»Braves Mädchen«, lobte er, und etwas in mir schmolz weiter. Ich weinte heftiger.

Er rieb meinen Hintern, tauchte die Hand sogar zwischen meine Schenkel. Ich wehrte mich nicht. Die beiden Krieger waren zu groß und stark, und ich war zu lüstern.

Nach einigen weiteren Schlägen stellte er mich wieder auf die Beine und starrte mich mit beinah besorgtem Gesichtsausdruck an.

»Nun, Lorbeer? Hast du deine Lektion gelernt?«

»Ja!«, rief ich. Er packte mich am Handgelenk.

»Nicht reiben. Sonst fessle ich dir die Hände«, warnte er mich.

Verzweifelt nickte ich, und er ließ mich los.

»Komm her, Mädchen.« Haakon breitete die Arme aus. Ich vergaß, dass er verletzt war, stürzte mich neben ihn und schluchzte an seiner Brust.

»Ulf hat dich nur bestraft, weil er Angst hatte, du könntest wieder weglaufen. Das wäre gefährlich. Das musst du begreifen.«

»Ich weiß«, heulte ich. Aber für mich wäre es auch gefährlich, wenn ich bliebe. Die Männer hatten eine weitere Bestie erweckt – eine in mir. Wenn ich nicht bald entkäme, würde ich nie frei sein.

17

ULF

Das Schluchzen der Frau hallte über die Lichtung. Ich runzelte die Stirn.

Ich habe darauf geachtet, ihr nicht wehzutun. Ich habe ihr den Hintern kaum versohlt.

Es liegt nicht an dir. Sie leidet unter ihren Ängsten.

Ich riss mich zusammen und wandte mich von der berührenden Szene ab. Haakon konnte unsere Gefährtin trösten. Ich jagte ihr nur Angst ein. Ich hätte mich an mein Gelübde halten und niemals einer Gefährtin zustimmen sollen. Lorbeer verdiente einen anderen Mann, auch wenn mir allein bei dem Gedanken übel wurde.

Als ich die zur Faust geballte Hand öffnete, nahm ich einen Hauch von süßem Moschus in der Luft wahr.

»Also, das ist interessant«, murmelte ich.

»Was?«

Ich hob die mit Lorbeers Säften beschichtete Hand. Sogar auf der anderen Seite der Lichtung konnte ich den Geruch deutlich aufschnappen.

Haakons Augen funkelten. »Sehr interessant.«

ICH BESCHÄFTIGTE mich mit verschiedenen Arbeiten, bis
sich die Frau beruhigt hatte. Als sie nicht mehr schniefte,
forderte Haakon sie auf, sich das Gesicht und die Haare zu
waschen. Es brachte mich förmlich um, aber ich tat so, als
würde ich nicht auf das Plätschern und die leisen Seufzer
unserer Gefährtin achten, als sie das Wasser genoss, das ich
für sie gewärmt hatte.

*Weißt du, Ulf, du kannst ihr auch zusehen. Sie ist genauso
sehr deine Gefährtin wie meine.* Die Lust in Haakons Stimme
verriet mir, dass er sich an der Vorführung erfreute.

Beim nächsten Mal.

*Sobald wir sie in unserer Hütte haben, sollten wir sie nackt
sein lassen.*

Ich konnte nicht an ein Zuhause mit einer Gefährtin
vorausdenken. Es bestand nach wie vor so viel Gefahr.
Noch hatte der Totenkönig uns noch nicht gefunden, aber
wenn Haakon nicht bald heilte, wäre es nur eine Frage der
Zeit.

Als Lorbeer aus dem Bad stieg, wartete ich auf sie. Ich
stählte mich und hob ein neues Gewand an, gewoben aus
weichstem Leinen und wunderschön bestickt. Lorbeers
große Augen verrieten mir, dass sie noch nie ein so feines
Kleidungsstück gesehen hatte.

Ich winkte sie näher und drehte sie um. »Bück dich«,
murmelte ich. Als sie scharf die Luft einsaugte, fügte ich
hinzu: »Ich will nur deinen Hintern überprüfen.« Ihre
blassen Kurven wiesen eine anhaltende Röte auf. Ich legte
die Hand auf eine Backe und massierte sie, was sie beruhigte, während sie sich nervös hin und her wiegte. Man
konnte ein paar Male von meinen Fingern an ihrem Sitz-
fleisch erkennen. Das Wissen, dass meine Hand die Spuren

hinterlassen hatte, ließ meine Mannespracht hart wie Eisen anschwellen.

Schließlich richtete ich sie auf. Ihr Gesicht schillerte so rot wie ihr Hintern.

»Das Tier in uns sehnt sich nach einer Gefährtin, die wir wertschätzen, aber auch züchtigen können.«

»Bitte«, flüsterte sie. »Ich werde brav sein.«

»Du bist ein braves Mädchen«, lobte ich sie. »Trotzdem werden wir nicht zögern, Hand an dich zu legen, um dir unsere Regeln beizubringen. Aber nach der Bestrafung kommt die Belohnung.«

Ich half ihr, erst in das Untergewand zu schlüpfen, dann in das rote Kleid. Der Stoff floss wie Wein um ihre Beine. Mit dem langen, dunklen, zu einer Krone geflochtenen Haar sah sie wie eine Königin aus.

»Es ist so wunderschön«, hauchte Lorbeer.

»Unsere Gefährtin wird immer prunkvoll gekleidet sein.«

»Es sei denn, sie ist allein mit uns zu Hause«, stellte Haakon richtig. »Dann muss sie immer nackt sein.«

Lorbeer verdrehte die Augen. Ein verhaltenes Lächeln trat in ihre Züge. Sie schaute auf den Boden vor mir und wirkte beinah ... schüchtern.

»Willst du Ulf dafür danken, dass er dir ein so schönes Kleid besorgt hat?«, schlug Haakon vor. Ich schleuderte ihm einen finsteren Blick zu.

Eh ich mich versah, knickste Lorbeer. »Danke, Herr.« Sie kam näher, ergriff meine Hand und küsste sie. Ich erstarrte, als ihre Lippen meine rauen Knöchel berührten, und die Bestie in mir erwachte zum Leben.

Sie musste die Gefahr bemerkt haben, denn sie zitterte ein wenig, als sie den Blick hob und mir in die Augen sah. »Ich verdiene das nicht.«

Ich starrte sie nur an. Ohne mit der Wimper zu zucken, betrachtete sie mein ruiniertes Gesicht.

»Natürlich verdienst du es, Mädchen«, rief Haakon. »Unsere Gefährtin verdient das Beste.«

Ein sturer Ausdruck senkte sich auf ihr Gesicht, ein Ausdruck, der mir etwas verriet: Sie akzeptierte nicht, dass sie unsere Gefährtin war.

»War mir ein Vergnügen, dir das Kleid zu besorgen«, sagte ich zu ihr. »Steht dir besser als ein dreckiges Unterleibchen.«

Sie nickte erneut, und ich verfluchte mich in Gedanken dafür, dass ich ihre alte Kleidung beleidigt hatte. Ich wollte mich abwenden, aber sie hielt meine Hand fest.

»Warte.« Lorbeer betrachtete meine schmutzige Handfläche. »Möchtest du, dass ich dich wasche?« Ihre Wangen schillerten wie die Brust eines Rotkehlchens. Ihr Duft verriet mir, dass ihr die Vorstellung, mich zu waschen, nicht widerstrebte.

Aber so sehr ich ja sagen wollte, ich würde es nicht ertragen können, ihr Gesicht zu sehen, wenn sie meine Narben berührte.

»Nicht nötig, Kleines. Ich brauche kein Kindermädchen. Ich bin unversehrt.« Wieder verfluchte ich mich, diesmal dafür, dass ich meinen Kriegerbruder beleidigt hatte, dann knurrte ich und stapfte davon.

DIE NACHT WAR ANGEBROCHEN, als ich mit einem riesigen Hirsch über den Schultern zurückkehrte. Die Bestie tobte in mir, trotz der langen Jagd und ein paar einsamen Sitzungen, in denen ich Hand an mich gelegt hatte. Mittlerweile loderte ein Feuer in mir. Nur Lorbeer konnte es löschen. Nachdem ich also die Umgebung auf Anzeichen des Feinds abgesucht hatte, trug ich das erlegte Wild ins Lager.

Das Licht, das zwischen den Bäumen flackerte, ließ mich innehalten, aber ich überwand mich, weiterzugehen und mich über meine alte Angst hinwegzusetzen.

Haakon döste mit einem Arm unter dem Kopf, als hätte er sich nur kurz für ein Nickerchen hingelegt. Es tat mir gut, ihn friedlich schlafen zu sehen. Ein sanftes Abtasten seines Geists verriet mir, dass seine Schmerzen nachließen.

Die Frau saß in der Nähe der Flammen und stocherte mit einem Stock darin herum. Sie hatte ihr altes Untergewand zu einer Schürze geschnitten, um ihr feines Kleid zu schützen. Ein paar dunkle Strähnen hatten sich aus ihrem Zopf gelöst, abgesehen davon sah sie so königlich aus wie eh und je. Ihre Schönheit brachte mein Herz beinah zum Stillstand.

»Ulf?« Sie wirkte besorgt. Mit dem riesigen Beutetier über den Schultern musste ich wie ein Monster ausgesehen haben. Mehr als sonst.

»Für dich«, sagte ich zu ihr und lud den Hirsch mit einem Schulterzucken ab. Der Boden erbebte an der Stelle, an der er landete.

»Was soll ich damit machen?« Sie glotzte den riesigen Kadaver an. Von Spitze zu Spitze entsprach das Geweih ihrer Körpergröße.

»Zubereiten.« Ich kniete mich hin und spaltete den Brustkorb mit meinen Klauen. Zu spät fiel mir ein, dass ich die Bestie vor unserer Frau verbergen sollte. Sie wandte den Blick ab, als ich das Herz des Bocks zu Haakon trug.

»Hier, Bruder.«

Danke, übermittelte mir Haakon und vergeudete keinen Atemzug zum Sprechen, bevor er sich über das rohe Fleisch hermachte. *Sie hat gedroht, mich mit Zwiebeln zu füttern, wenn du nicht bald zurückgekommen wärst.*

Ich schmunzelte, ging zurück zum Feuer und leckte mir das Blut von den Fingern. Lorbeer saß mit auf dem Schoß gefalteten Händen da. Und tatsächlich entdeckte ich ein paar wilde Zwiebeln, die in der Glut brieten. *Wenigstens kein Kohl.*

Nachdem Haakon das Herz verschlungen hatte, gab ich ihm ein paar weitere Organe und aß selbst etwas von den Innereien. Blut verschmierte den Körper meines am Boden liegenden Kriegerbruders. Als er sich über die Leber hermachte, gab Lorbeer einen gequälten Laut von sich.

»Keine Sorge, Mädchen«, meinte Haakon zwischen zwei Bissen. »Du kannst mich ja wieder waschen.«

Mit einem Schnauben drehte sie sich weg und verschränkte die Arme vor der Brust. Verschwunden war das unterwürfige Geschöpf, das ich mit einem geröteten Hinterteil zurückgelassen hatte. Zurück war die Kämpferin mit dem königlichen Auftreten, an die ich mich aus der Küche erinnerte. Ich sah mit hochgezogenen Brauen Haakon an, der mit den Schultern zuckte.

Mit Jungbäumen, die ich zuvor mit der Axt gefällt und entlaubt hatte, baute ich ein großes Gerüst für das Fleisch. Bevor ich auf die Jagd gegangen war, hatte ich mich ausgezogen, damit ich mich nach Belieben verwandeln konnte. Die Magie hatte einen Lendenschurz um meine Hüften zurückgelassen, abgesehen davon war ich nach wie vor nackt. Von jenem Feuer, das mein Gesicht zerstört hatte, waren mir auch einige Narben am Arm und an der Seite geblieben, aber sie sahen nicht allzu hässlich aus. Im Gegensatz zu meinem Gesicht.

Während der Bock über dem Feuer briet, wusch ich mich im Bach und kehrte mit meiner Kleidung in der Hand zurück. Mehrere Male schaute ich zu unserer Frau und köderte sie dazu, mich anzusehen. Sie ließ den Blick zwar stur zu Boden gerichtet, aber ich wusste, dass sie meinen nackten Körper bemerkte. Die Farbe ihrer Wangen passte zu ihrem Kleid.

Ich setzte mich nah zu ihr und drehte ihr die heile Seite meines Gesichts zu. Dann nahm ich den Stock an mich, den Lorbeer in der Hand hatte, und stocherte in ihren Zwiebeln.

»Hast du dich weit in den Wald gewagt, um die hier zu finden?«, fragte ich.

»Nicht weit. Haakon konnte mich die ganze Zeit sehen.«

Ich rollte eine Zwiebel heraus und betrachtete die dampfende Form. »Du warst besorgt, dass Haakon vor meiner Rückkehr etwas zu essen brauchen könnte.«

»Ja.«

Mit ein paar nassen Blättern hob ich die dampfende Zwiebel auf und schälte sie vorsichtig. »Dann werde ich dich wohl nicht an die Leine legen.«

»Danke.«

»Ich werde nicht noch einmal auf die Jagd gehen müssen. Womöglich ist deine letzte Gelegenheit zur Flucht verloren.«

Sie erwiderte nichts. Ich betrachtete ihre steife Gestalt. Ihre Bestrafung hatte sie nicht gezähmt. Stattdessen hatte unsere Gefährtin Mauern um sich errichtet.

»Es gibt reichlich Fleisch, wenn du es aus meiner Hand annimmst.«

»Danke«, sagte sie, als ihr Magen knurrte.

Sie ist fest entschlossen, höflich zu sein, merkte ich zu Haakon an.

M-hm. Sie denkt, sie könnte ihre Begierden bändigen, indem sie vorgibt, zivilisiert zu sein. Aber sie verzehren sie trotzdem. Haakon grinste. *Kannst du es riechen?*

Ich hob den Kopf und schnupperte. Und tatsächlich, unter dem durchdringenden Geruch von gebratenem Fleisch und Zwiebeln witterte ich den Duft einer brünstigen Frau.

Sie ist reif zum Pflücken. Haakon schmatzte mit den Lippen. Lorbeer schien zu ahnen, dass wir uns wortlos miteinander verständigten, denn sie starrte ihn eindringlich und finster an. Ich bemerkte, wie sie ihre Beine zusammengepresst hielt.

Mich überrascht, dass sie so ruhig ist.

Das ist sie nicht. Sie ist frustriert. Die zierlichen Finger hatten sich in ihr neues Kleid gekrallt, als hätte sich ihre Welt geneigt und als versuchte Lorbeer, sich krampfhaft irgendwo festzuhalten. *Füttere sie, Ulf. Füll ihr den Bauch. Dann können wir sie vielleicht überreden, auch ihren zweiten Hunger zu stillen.*

Ich warf die Zwiebel aufs Feuer und kümmerte mich um den Bock, schnitt in das bratende Fleisch. Der skeptische Blick der Frau verriet mir, dass sie ihn länger garen würde.

»Danke, dass du dich um meinen Bruder kümmerst«, sagte ich zu ihr.

»Ich tue sehr wenig.«

»Trotzdem heilt er gut.«

»Das liegt an der Magie, nicht an mir, das weißt du so genau wie ich.« Sie schürzte die Lippen, als hinterließen die Worte über Magie einen unangenehmen Geschmack in ihrem Mund.

»Magst du unsere Magie nicht?«

»Sie macht euch sehr mächtig.«

Ich betrachtete meine Finger. Das Blut konnte ich mühelos wegwaschen, aber meine Nägel waren immer noch etwas zu lang. Die Bestie lauerte dich unter der Oberfläche.

»Das tut sie – bis sie uns in den Wahnsinn treibt.«

»Ich finde, ihr seid schon ziemlich wahnsinnig«, murmelte sie.

»Wie war das?« Ich zog die Brauen hoch, doch an jenem Abend zeigte Lorbeer keine Angst vor mir.

Wut blitzte in ihren Augen auf. »Ihr habt ein wehrloses Kloster überfallen. Wir leben in einem zivilisierten Land!« Ihr Busen hob und senkte sich heftig.

»Wir werden nie zivilisiert sein.« Ich setzte mich neben sie, nah genug, dass mein nacktes Bein das ihre durch den Stoff ihres Kleids berühre. Ihr Körper versteifte sich wieder, doch nach einem Herzschlag entspannte sie sich. Interessant. Sie wehrte sich, bis sie sich vergaß und sich an mich lehnte. Sie schien nicht zu bemerken, dass sie es tat.

»Als ihr das Kloster angegriffen habt, da habt ihr ein Verbrechen gegen Gott begangen.«

»Wir beten nicht zu euren Göttern.«

Das brachte sie zum Schweigen. Mit geröteten Wangen und offenem Mund zuckte sie zurück. Wäre ich nicht so sicher gewesen, dass sie mich beißen würde, ich wäre aufgestanden und hätte meine pralle Härte zwischen ihre vollen Lippen gezwängt.

Zutiefst widerwillig erhob ich mich und begab mich auf die andere Seite des Feuers.

Haakon schmunzelte.

Wäre besser, wenn bald gesund wirst, meinte ich zu ihm. Es wurde zunehmend schwieriger, mich zu beherrschen, da der durchdringende Moschusgeruch einer brünstigen Frau die Bestie lockte.

Ich schloss die Augen und atmete den Duft ein. Wie lange war es her, dass ich zuletzt mit einer Frau geschlafen hatte?

»Ich kann nicht glauben, dass ich bei solchen Heiden festsitze«, brummelte Lorbeer vor sich hin.

»Oh, und du bist wohl ein ach so züchtiges Fräulein, nicht wahr?«, konterte ich. »Kochen im Untergewand?«

Schamesröte breitete sich über ihre Züge aus. »In der Küche war es heiß.«

»Ich habe mich nicht beschwert. Du kannst dich jederzeit gern bis aufs Untergewand ausziehen. Obwohl du dir hier draußen eine Erkältung holen könntest.«

Sie schnaubte.

»Keine Sorge, Mädchen«, meldete sich Haakon zu Wort. »Ich halte dich warm.«

»Das wird nicht nötig sein.«

Als sie die Nase in die Luft streckte, konnte ich nicht widerstehen, sie zu ködern. »Haakon findet, wir sollten dich immer nackt sein lassen, wenn wir nach Hause zurückgekehrt sind. Ich ziehe die Möglichkeit in Betracht.«

»Mit Sicherheit nicht!«, stieß sie empört hervor.

Ich schenkte ihr ein breites Grinsen, zeigte ihr meine Zähne.

Sie verstummte und schrak ein wenig zurück.

Nicht zu barsch, ermahnte mich Haakon. *Mir gefällt es, wenn sie ihre Meinung sagt.*

Die meisten Männer würden eine ruhigere Gefährtin vorziehen. Ich konnte nicht den Blick von ihr lösen, als sie über die Lichtung trabte und unter dem Kleid die Hüften schwang. Die Bewegung ließ meinen Schwanz in der Hose pochen.

Gut, dass wir nicht wie die meisten Männer sind, meinte Haakon belustigt und zuckte zusammen.

»Komm her, Mädchen«, sagte ich. Das Fleisch war gar, und ich hatte ein Häuflein davon auf einen flachen Stein geschnitten, den wir als Teller benutzten. »Zeit zu essen.«

»Ich bin nicht hungrig«, behauptete sie.

»Stur«, flüsterte ich zu Haakon. Statt mich mit ihr zu streiten, verschlang ich das Fleisch kurzerhand selbst.

Danach richtete ich einen weiteren Teller und setzte mich so hin, dass die Brise den saftigen Duft in ihre Richtung wehen würde. Der Wind blies in dieser Nacht kräftig, und tatsächlich knurrte ihr Magen, kurz nachdem ich mich hingesetzt hatte, laut genug, dass ich es hörte.

»Das reicht«, sagte ich zu ihr. »Du musst bei Kräften bleiben, wenn du gegen uns kämpfen willst.«

Nach einer kurzen Pause erhob sie sich ruckartig, kam herüber und setzte sich neben mich. Die Bestie johlte triumphierend, obwohl ich wusste, dass sie nicht so nah bei mir Platz genommen hätte, wenn sie nicht so hungrig gewesen wäre. Sie streckte die Finger nach dem Fleisch aus, und ich gab einen tadelnden Laut von mir. »Nein, Mädchen. Aus meiner Hand.« Ich hielt ihr ein Stück Fleisch hin.

Mit geschlossenen Augen und resigniertem Gesichtsausdruck stülpte sie die Lippen über den Happen.

Rot schlich sich in meine Sicht, als ihr heißer Mund die Säfte von meinen Fingern nuckelte. »Mmmmm ...« Beim zweiten Bissen stöhnte sie und legte den Kopf in den Nacken. Ein seliger Ausdruck erschien in ihrem Gesicht.

Ich knurrte.

»Was ist?« Die Frau rutschte zurück und leckte sich die Lippen. In meinem Schritt wurde es schmerzhaft eng. »Habe ich etwas falsch gemacht?«

»Nein, Mädchen. Ist nicht deine Schuld.« Als ich auf dem Sitz das Gewicht verlagerte, bemerkte ich ein verhaltenes Lächeln in ihrem Gesicht. »Nimm dich in Acht. Du bringst die Bestie in Versuchung.«

»Tue ich das?« Sie schnurrte beinah. »Ich wollte nur gehorchen.«

Sie beugte sich wieder vor, stellte ihren Busen dabei zur Schau. Ich legte ihr die Hand in den Nacken und lehnte mich zu ihr, atmete ihren Duft ein, immer noch süß wie der einer Frucht, reif zum Pflücken. »Vorsicht, Lorbeer«, flüsterte ich ihr warnend ins linke Ohr. »Du treibst ein gefährliches Spiel.«

Ihre Beine bewegten sich rastlos hin und her. Ich setzte mich zurück. Die Bestie in mir genoss ihren glasigen Blick. Allerdings wurde ich darüber unachtsam und ließ das Licht des Feuers die grauenhafte Narbenmasse meiner rechten Wange erhellen.

Lorbeer stockte der Atem.

»Ist schon gut, Liebes.« Schnell drehte ich die rechte Gesichtshälfte weg. »Ich weiß, du würdest nie jemanden wollen, der so aussieht wie ich.«

Blinzelnd zog sie sich zurück und senkte den Blick zu Boden.

Ulf ..., setzte Haakon an.

Ich hob eine Hand, um ihn zum Schweigen zu bringen. *Ich will es nicht hören.* Ich schnitt mehr Fleisch vom Braten, stellte einen Teil davon neben Lorbeer und brachte den Rest zu Haakon.

Ich wollte nur einen Scherz anbringen. Mit meinem Gesicht und deinem Körper ergeben wir einen ganzen Mann.

Das war nicht dasselbe und er wusste es. *Bald bist du wieder gesund.*

Ich zerlegte den Spieß und hängte den Kadaver an einen hohen Baum, um Tiere davon abzuhalten, unser Fleisch zu stehlen. Zumindest Tiere, die sich in die Nähe von Berserkern wagten. Dann zog ich den Lendenschurz beiseite und kennzeichnete unser Gebiet, indem ich mich um den Baum mit dem aufgehängten Hirsch in weitem Bogen erleichterte. Sobald es Haakon wieder gutginge, würden wir diesen Ort verlassen. Unterwegs würden wir vorsichtig sein, und mit etwas Glück würde uns der Totenkönig vergessen haben.

Erst, als ich zurückging, stieg mir ein fauliger Geruch in

die Nase. Den ich zuletzt gewittert hatte, als …

»Lorbeer!«, brüllte ich und raste auf das Feuer zu. Kalter Wind fegte vor mir durch das Lager. Eine Bö erfasste das Feuer und wehte züngelnde Flammen auf unsere Gefährtin zu.

Sie schrie auf. Kaum hatte ich sie erreicht, hob ich sie hoch und trug sie weg von den wirbelnden Funken. Hastig drehte ich mich um und trat Erde auf das Feuer, doch das reichte nicht. Der Wind fachte die Flammen hartnäckig an.

Die Frau kauerte sich in Haakons Nähe und beugte sich über ihn, um ihn vor dem Wind zu schützen.

»Was ist hier los?«

»Der Totenkönig. Er hat uns gefunden.« Ich rannte zu den beiden. »Haakon, ich muss dich bewegen.«

Steif nickte er.

»Pass auf!«, rief Lorbeer, als ein Stein auf mich zuraste. Als ich mich umdrehte, traf er mich am Arm.

»Sofort!«, brüllte ich.

Es blieb keine Zeit, eine Schlepptrage zu bauen. Ich packte Haakon unter den Armen und schleifte ihn in eine kleine Schlucht, geschützt von großen Felsen.

»Lorbeer«, rief ich und streckte mich nach ihr. Sie rannte zu mir und klammerte sich an mir fest, als wir uns unter einen Felsüberhang zwängten, der uns vor den Steinen und Erdklumpen schützte, die von der Felswand herunterrollten. Der Totenkönig erschütterte die Erde.

Ein Felsbrocken zerschellte keine zwei Schritte von uns entfernt. Lorbeer saugte scharf die Luft ein und vergrub das Gesicht an meiner Halsbeuge. »Warum macht er das? Warum lässt er euch nicht in Ruhe?«

»Er will dich.« Als der Wind heulend über uns hinwegfegte, umarmte ich sie und vergrub das Gesicht in ihrem Haar. »Aber er bekommt dich nicht.«

18

LORBEER

Als der Sturm nachließ, wagten wir uns aus unserem Versteck. In der Schlucht gab es kaum trockenen Boden. Haakon lag in einer kleinen Felsspalte eingepfercht, in die gerade mal die Hälfte seines Körpers passte. Eine Wade blutete dort, wo ein Stein sie getroffen hatte. Sein Atem ging in kurzen, gequälten Stößen.

Ulf fiel auf die Knie und riss sich Streifen aus seiner Kleidung, um einen Verband anzufertigen. »Ich hätte dich nicht so früh bewegen dürfen.«

»Ist schon gut, Bruder.«

»Nein, es ist meine Schuld. Ich habe ein zu großes Feuer gemacht.«

»Du wolltest eben angeben«, scherzte Haakon keuchend, und ich kniete mich neben ihn, um ihn zu beruhigen. Ich hielt seine Hand, während Ulf losging, um seine Sachen zu holen. Als er zurückkam, hatte den verwundeten Krieger der Schlaf übermannt, wodurch ich allein mit seinem vernarbten Gefährten zurückblieb.

Ich verfluchte mich innerlich, weil ich vor seinen Narben zurückschreckte. Die linke Seite seines Gesichts war so einnehmend, dass ich die Gesamtheit des Mannes vergaß. Gutaussehend und vernarbt. Streng, stark und unnachgiebig wie ein Fels. Und dennoch ...

Als ich zitterte und mich einfach nicht wärmen konnte, warf mir Ulf ein Wolfsfell über die Schultern und nahm mich in seine starken Arme. Was ich an Spielchen getrieben hatte, fiel schlagartig von mir ab. Ich brauchte ihn und konnte es nicht leugnen.

Irgendwann später erwachte ich mit einem Ruck. Neben mir lag ein Körper, heiß wie Glut. Ein kraftvoller Körper, nur mit einem Lendenschurz bekleidet. Einen Moment lang war ich der Meinung, ich hätte mich neben Haakon gekuschelt. Dann jedoch hob der Mann den Kopf, und das Mondlicht fiel auf seine verwüstete Wange.

»Ulf.«

»Ich wollte dich nicht erschrecken«, sagte er und drehte das Gesicht weg, um seine Narben zu verbergen.

Ich konnte mir nicht erklären, warum ich es tat, aber ich berührte sein Kinn, was ihn erstarren ließ. Statt zusammenzuzucken, schloss er die Augen, als ich die Linien seiner Narben nachzeichnete und die rauen Grate der Erhebungen mit den Fingerspitzen glättete.

Nicht seine gesamte Haut war gerunzelt und geschmolzen. Die rechte Seite seines Gesichts war glatt, ja sogar ansprechend. Er besaß feste, feine Lippen.

Unbehaglich verlagerte ich das Gewicht. Flüssigkeit sickerte aus meinen unteren Gefilden. Ich riss die Hand zurück und rollte mich auf den Rücken. Es wäre am besten, wenn ich schliefe, mich ausruhte, um meine Flucht planen zu können. Ich sollte nicht an seine Lippen denken ...

»Danke, dass du mich gerettet hast«, flüsterte ich.

Sein Körper zuckte neben meinem. Vor Verblüffung über meine Dankbarkeit?

Bevor ich nachdenken konnte, rollte ich mich auf ihn.
Ich drückte meine Kurven an seinen harten Körper und
staunte darüber, wie gut wir zueinander passten.

»Lorbeer?« Zögerlich berührte seine Hand mein Haar.

»Mmm«, antwortete ich und war bereits wieder halb
eingeschlafen. Ich trieb kein Spiel. Ich wusste nicht, was ich
tat, aber eines wusste ich mit Sicherheit: Ulf fand, er sei der
Berührung, der Liebe, der Zuneigung einer Frau nicht
würdig. Ich wünschte, ich wäre mutig genug, um zu bleiben
und ihm das Gegenteil zu beweisen.

Aber das konnte ich nicht. Ich musste gehen, bevor mich
meine Gefühle für immer an diese Männer binden würden.

ALS ICH AUFWACHTE, lag Haakon schlafend da. Er rührte
sich nicht, als ich mich bewegte. Aber er sah unversehrt aus.

Ulf war verschwunden, höchstwahrscheinlich, um die
Umgebung auf Gefahren zu überprüfen. Es war an der Zeit.
Ich erhob mich und wickelte mir das Fell um die Schultern.

Meine Füße verursachten auf dem schlammigen Laub-
boden schmatzende Laute, als ich dem verborgenen Bach
aus der Schlucht folgte. Die Sonne stand hoch am Himmel,
und ich hatte mich hoffnungslos verlaufen, als ich
bemerkte, dass ich nicht allein war.

Mein Magen krampfte sich zusammen, als ich mich
meinem Verfolger stellte.

»Wie lange bist du schon hinter mir?«

Statt zu antworten, kam Ulf auf mich zu. Seine Stiefel
verursachten auf dem mittlerweile kiesigen Boden keinen
Laut. Diesmal unternahm er keine Anstalten, sein
ruiniertes Gesicht zu verbergen, als er mich am Handgelenk
packte. Ich folgte ihm bereitwillig und zögerte erst, als

unser Lager in Sicht geriet. Haakon war wach und saß aufrecht.

Es tut mir leid, bildeten meine Lippen in seine Richtung. Sein sanfter Blick war mehr an Tadel, als ich ertragen konnte.

»Wirst du mich wieder bestrafen?«, fragte ich Ulf. Ein Teil von mir hatte von Anfang an gewusst, dass ich nicht entkommen würde. War ich nur weggelaufen, damit er mich zurückbringen konnte?

Ulf zog mich in seine Arme und hielt mich fest. Die kantigen Züge seines Gesichts und sein strenges Stirnrunzeln bildeten einen Widerspruch zu seiner sanften Berührung. Ich zitterte an ihm. Als er sich zurückzog, ließ ich die Augen niedergeschlagen, konnte weder ihn noch Haakon ansehen.

Ulf zwang mich letztlich dazu und zupfte an meinem Kleid. »Ausziehen.«

»Was?«

»Du hast nicht gehorcht. Ich gebe es dir zurück, wenn ich mir sicher bin, dass wir dir beigebracht haben, nicht wegzulaufen.«

Langsam streifte ich das Gewand ab und reichte es ihm.

»Alles.« Er warf das Kleid über ein Gebüsch und verschränkte die Arme vor der Brust. Offensichtlich würde er mich nicht zwingen oder festhalten. Er ließ mich allein die Entscheidung treffen, zu gehorchen.

Kaum war ich nackt, schlang ich die Arme um mich.

»Es wird alles gut, Mädchen«, rief Haakon herüber.

Ulf fesselte meine Handgelenke und wickelte mir einen Lederriemen um den Hals. Dabei achtete er darauf, dass sich die Schlinge nicht straffen würde, wenn er an der Leine zöge.

»Du wirst bei Haakon sitzen.«

Haakon zog mich so zu sich, dass ich neben ihm auf der Seite lag.

Seine Hand streichelte meinen Arm, als sich Ulf an die Arbeit machte. Seine Axt fällte Jungbäume, die er zusammenband, um ein Gestell zu bauen, ähnlich wie er es bei dem Spieß für den Hirsch gemacht hatte.

»Was habt ihr mit mir vor?«, flüsterte ich.

Haakon legte mir eine Hand auf die Wange. »Wir sorgen dafür, dass du nie wieder weglaufen willst.«

Die Sonne stand tief im Westen, bevor er mit einem robusten Gestell fertig wurde. Dann ging Ulf davon. Er kam mit reichlich Seil und weiteren Kaninchen für das Abendessen zurück.

Nachdem er gekocht hatte, brachte er eine Schüssel mit Essen herüber.

Ich hob die Hände, um mir die Fesseln abnehmen zu lassen, aber Haakon kicherte nur und hielt mir einen Bissen vor den Mund. Meine Wangen loderten vor Scham, als ich mich von ihm wie ein Kleinkind füttern ließ.

»Wie lange wollt ihr mich so lassen?«, fragte ich.

»So lange, wie du brauchst, um es zu lernen«, antwortete Ulf mit harter Stimme.

Ich zuckte zusammen und ließ den Kopf hängen.

Ulf kauerte sich vor mich hin.

»Warum wolltest du fliehen?«

»Ich kann das nicht«, erwiderte ich geknickt. »Ich kann nicht eure Gefährtin sein.«

Ulfs Wangen verfärbten sich rot, und er schaute weg.

»Das bist du schon.« Als Haakons Hand über meine Brust strich, regte sich in mir eine geheime Lust.

»Ich wurde zu einem anständigen Mädchen erzogen. Ihr solltet euch jemand anderen suchen.«

Ulf legte die Hand auf mein Knie und streichelte es.

Seine Berührung brachte mich beinah um den Verstand. Ich schrak davon zurück, und seine Züge versteinerten.

»Bitte, bestraf mich einfach.«

»Na schön«, sagte er schroff, und sein Gesichtsausdruck kam Hass näher, als ich es bei ihm je erlebt hatte. Mir wurde bewusst, dass ich ihn zurückgewiesen hatte. In der vergangenen Nacht hatte ich ihn fest an mich gedrückt, aber durch meinen Fluchtversuch hatte ich jede sich anbahnende Zärtlichkeit zerstört. Als mich Ulf losband und zu dem Gestell führte, fragte ich mich, ob ich Wiedergutmachung dafür leisten könnte, was ich getan hatte.

Mein Herz schlug schneller, als er zunächst meine Hand- und Fußgelenke an das Gebilde fesselte. Dann band er meine Beine, meine Arme und meine Mitte an den dünnen Baumstämmen fest. Gespreizt stand ich da, die Beine weit auseinander, die Scham entblößt. Ich presste die Augen zu und zitterte so sehr, wie es meine Fesseln zuließen.

Was würde er tun? Würde er mich auspeitschen? Mein Rücken lag an dem Gestell an, aber meine üppigen Brüste waren entblößt.

Ich schlug die Augen auf, als sich Ulf räusperte. Er hielt eine Gerte. Ich schluckte.

»Kennst du dieses Züchtigungswerkzeug?«

Ich nickte. Die Nonnen hatten es oft bei uns angewendet.

»Als ich gesehen habe, wie du gegangen bist, war ich versucht, dich damit von oben bis unten zu peitschen. Aber Haakon möchte keine Male an dir hinterlassen. Ich wiederum muss gestehen, ich würde dich lieber von meiner Hand gezeichnet sehen.« Er packte meine Brust, ließ kein Zögern mehr erkennen, meinen Körper zu berühren. Mein Herz schlug schneller, der Atem stockte mir, als er meinen

Busen drückte und massierte. Hilflos vor ihm gefesselt wollte ich nicht, dass seine Berührungen je endeten.

Meine Scham nässte.

Ich seufzte, als er zurücktrat.

»Ich werde dich jetzt schlagen, als Warnung. Versohlt wirst du später. Wir werden dich so lange bestrafen, wie es nötig ist, um dich an unseren Willen zu binden.«

Ich nickte, konnte den Blick nicht abwenden. Sein strenger Blick erfasste mich und fesselte mich fester als jedes Seil.

Der Feuerschein tänzelte am Rand seines verwüsteten Gesichts, als Ulf die Gerte ein paar Mal peitschte, um sie zu testen. Ich zuckte bei den Geräuschen zusammen.

»Nicht zu viele Schläge«, meldete sich Haakon zu Wort.

»Nur ein paar«, gab Ulf zurück und ließ die Gerte über meine Brüste schnellen. Ich schrie auf, und eine brennende, rote Linie erschien auf meiner blassen Haut. Er setzte die Gerte unter meinem Busen an, um für den nächsten Schlag zu zielen. Meine Brust hob sich. Die Gerte hinterließ einen Abdruck unter meinem Busen.

»Noch einmal«, kündigte er an und rieb mit der Gerte zwischen meinen Beinen. Ich biss mir auf die Unterlippe, um nicht zu schreien.

»Gib mir deine Tränen, Lorbeer. So erfreust du deine Herren. Wir würden alles wagen, um dich zu beschützen. Sogar unser Leben würden wir für dich aufs Spiel setzen. Und du wirst deines nicht einfach wegwerfen.«

Meine Lippen bebten. *Es tut mir leid,* wollte ich schreien, aber mir fehlten die Worte.

Er zeichnete meine Oberschenkel und meine Mitte.

Ich wimmerte.

»Genug. Sieh zu, dass du dir nicht noch mehr einhandelst.«

Nachdrücklich nickte ich.

Ulf drehte das Gestell, und ich sah, was er sonst noch getan hatte.

Haakon lag mittlerweile auf dem Rücken zwischen zwei Reihen aus großen Felsbrocken zu beiden Seiten.

»Sachte, Bruder«, wies Haakon seinen Kriegerbruder an. Ulf brummte nur, als er mich samt Gestell hochhob und zu Haakon trug, wo er das robuste Gebilde über dem liegenden Krieger anbrachte. Haakons Grübchen blitzte mir entgegen. Ich hing über ihm, hilflos, gehalten von meinen zahlreichen Fesseln.

»Was hast du vor?« Ich wand mich hin und her, konnte mich aber nicht befreien.

»Was immer ich will.« Haakon streckte den Hals, um mich zu küssen. Seine Lippen verführten mich, während seine umhertastenden Finger an meinen Nippeln zupften, meine Spalte erforschten und meinen Hintern kneteten.

Ein unverhoffter Schlag ließ mich einen Schrei in Haakons Mund ausstoßen. Ulf stand mit der Gerte in der Hand über uns. Mi der anderen Hand versohlte er mir den Hintern so hart, dass mir spitze, winselnde Laute herausrutschten.

»Armes Liebchen«, murmelte Haakon. »Hat Ulf dich gezeichnet? Ich sorge dafür, dass du dich besser fühlst.«

Vorsichtig rutschte er weiter nach unten, und ich stöhnte, als ich seine Absicht erkannte. Da mein Körper an dem Gestell hing, baumelten meine Brüste wie Früchte über dem Krieger. Begierig leckte und nuckelte Haakon an ihnen, ließ die Zunge über die Male der Gerte kreisen, um den Schmerz zu lindern. Er küsste die gerötete Linie entlang, bis ich japste.

»Hast du Spaß, Bruder?«, fragte Ulf.

»Nicht so viel, wie ich haben könnte.«

»Sie spricht gut an.« Ulfs Finger drückte gegen mein Poloch.

Ein spitzer Aufschrei entfuhr mir, und ich versuchte, mich zu winden, konnte mich aber nicht rühren.

Haakon schmunzelte. »Ich will ihre Süße schmecken.« Er setzte die Zähne um meinen Nippel an, und ich keuchte. Dann drehte er den Kopf, knabberte an mir, und meine Hüften zuckten.

»Bitte nicht. Sonst werde ich wahnsinnig.«

»Du hast *uns* vorgeworfen, wahnsinnig zu sein. Vielleicht passt du dann besser zu uns. Oder vielleicht war der Wahnsinn im Kloster zu Hause. Wo man wunderschönen, lustvollen jungen Frauen eingetrichtert hat, ihr Fleisch wäre sündig«, meinte Haakon abfällig. »Wir werden dir eine neue Lektion erteilen.«

Ulf hob das Gestell wieder an und drehte mich so herum, dass ich über Haakons Beinen hing. Seine riesige Mannespracht wippte in der Luft, steif und stolz wie ein Fahnenmast.

»Oh nein.« Ich stöhnte, als ich Haakons heißen Atem auf meiner Scham spürte.

19

HAAKON

Lorbeer klang entsetzt. Ihre Hüften krampften sich unter den Fesseln zusammen. »Du kannst doch nicht vorhaben ...«

»Warum nicht?« Ich schmiegte mich an ihre unteren Lippen. Dann drehte ich den Kopf, rieb mit der rauen Seite meines Unterkiefers an der zarten Haut der Innenseite ihrer Schenkel, zart genug, um sie zum Wimmern zu bringen. Nicht vor Angst. Sondern vor Verlangen.

Es dauerte nicht lange, bis ihr süßer Duft mich überwältigte. Mit steinharter Mannespracht im Schritt versenkte ich die Zunge zwischen ihren Falten und leckte genüsslich ihre Säfte. Ihre Hüften bewegten sich hin und her, als wollte sie mir entkommen. Und als ich die Zungenspitze um ihre winzige, pralle rosa Liebesknospe kreisen ließ und daran saugte, heulte sie auf.

»Ich glaube, es gefällt ihr«, merkte Ulf an. Der Mistkerl hatte wahrscheinlich seinen Prügel ausgepackt und spielte an ihrem Mund herum.

Erst, wenn sie darauf abgerichtet ist, uns nicht zu beißen.

»Lutsch daran, Süße«, brummte er und setzte den

Daumen an ihrem Mund an. Über unsere Bindung ließ er mich daran teilhaben, wie sich ihre saugenden Wangen nach innen wölbten, als sie seiner Aufforderung nachkam.

Ich beschäftigte mich indes weiter zwischen ihren Schenkeln, suchte nach dem richtigen Druck, um sie zum Gipfel der Lust zu treiben. Sie wölbte den Rücken durch und zitterte. Verzweifelte Laute drangen über ihre Lippen. Ihr Körper wogte unter mehreren Höhepunkten. Das Gestell war ein brillantes Werk. Lorbeers wunderschöner Körper hing an dem ineinander verflochtenen Holz wie ein Wandteppich. Ihre Brüste baumelten leicht erreichbar herab. Ich drückte sie wie reife Früchte, und köstlicher Saft ergoss sich in meinen Mund.

Ich kam so heftig, dass ich sie mit meinem Samen bespritzte. Schmerz pulsierte durch meinen Rücken, doch das war es wert. Ich hob die Hand und verrieb meinen klebrigen Erguss auf ihrem Bauch und ihren Brüsten. Die Bestie in mir schlief, war zufrieden, da Lorbeer nun meinen Geruch am Körper hatte.

Ein Grunzen verriet mir, dass auch Ulf gekommen war. »Leck daran, Liebes.« Als ich mir Lorbeers süße, mit Samen bemalte Haut vorstellte, schwoll mein Schritt erneut an.

Ich spreizte ihre unteren Lippen weit, küsste sie und erkundete mit der Zunge ihre geheimsten Stellen. Ein Aufschrei entrang sich ihr, und ihre Spalte zog sich zusammen, bettelte um einen Schwanz. Ich säuberte sie von allen Säften und begann, wieder langsam um ihre Lustperle zu kreisen. Ein Heulen baute sich in ihr auf. Ich besorgte es ihr gnadenlos mit der Zunge und hörte erst auf, als sie aufschrie und danach erschlaffte.

Genug, Haakon. Sie ist ohnmächtig geworden.

Die Sonne flutete meine Sicht, als Ulf das Gestell

entfernte, unsere Gefährtin hinlegte und ihren Herzschlag überprüfte.

»Sie lebt. Ich schneide sie vom Gestell los.«

»Gib sie mir.« Ich streckte mich und wartete, bis Ulf sie mir in die Arme legte. Ich massierte ihre Gliedmaßen und achtete dabei besonders auf die roten Male an den Stellen, wo das Seil sie gehalten hatte.

Als sie sich rührte, gab ich ihr ein wenig Wasser, und für den Rest des Abends bis in die Nacht hinein döste sie in meinen Armen.

20

LORBEER

Am nächsten Morgen erwähne ich die Ereignisse der Nacht mit keinem Wort. Das Gestell sah ich ihn nicht einmal mehr an. Ich beschäftigte mich besonders ausgiebig mit Arbeit, um mich zu entsühnen, und ich war dankbar, als Ulf mir erlaubte, mich anzuziehen.

Allerdings redete er nicht mit mir. Zu Mittag kehrte er von der Jagd zurück. Wir aßen Wachteln, und als ich fertig war, winkte er mir zu, zog mich auf seinen Schoß und entblößte meinen Hintern für seine Hand.

»Wie oft soll ich denn noch bestraft werden?«

»Immer und immer wieder.« Er knetete meinen Po. »So oft, wir es für angebracht halten. Es sei denn, du hast beschlossen, nicht mehr wegzulaufen. Hast du?«

Ich hielt den Mund. Ich konnte nicht bleiben, und ich konnte auch nicht lügen.

Ulf versohlte mich, bis ich erschlaffte. Als seine Hand zwischen meine Beine wanderte und meine Nässe überprüfte, wimmerte ich nicht einmal mehr.

»Wie sieht's da unten aus?«, fragte Haakon.

»Klatschnass«, antwortete Ulf und schlug mir weiter auf

den Hintern. »Du gehörst uns«, murmelte seine Stimme im Takt seiner Hiebe. Ein Druck baute sich in mir auf. Ich wand mich hin und her, um mir Erleichterung zu verschaffen, aber das Gefühl wollte nicht verschwinden.

Wieder und wieder klatschte er auf mein Hinterteil. Als er abermals dazu überging, mich zu berühren, protestierte ich und drängte nach oben. Er fing meine Handgelenke ab, hielt sie auf meinem Rücken fest und schlang sein schweres Bein um meines. Ich konnte mich der herrlichen Sehnsucht in meinem Körper nicht entziehen. Die Schläge setzten sich fort, bis ich einen rasenden Anflug von Empfindungen spürte, eine Entladung.

»Oh Gott.« Ich schluchzte. »Oh Gott.«

»Still.« Ulf hielt mich weiter fest, während mein Höhepunkt verebbte. »Du hast nichts falsch gemacht. Es ist alles in Ordnung mit dir.«

Für den Rest des Tags pochte mein Hintern. Nach dem Abendessen warf Ulf die übriggebliebenen Knochen in den Wald und streckte erneut die Hand nach mir aus.

»Noch mal, Lorbeer.«

»Nein«, widersprach ich, setzte mich aber nicht zur Wehr, als er mich über seine Knie zog.

»Es gefällt dir.«

»Tut es nicht«, flüsterte ich und schloss die Augen, als er meinen nackten Hintern mit leichten Klapsen überzog, gerade genug, um meine Lust zu entfachen und die Glut zu einem tosenden Feuer zu schüren.

»Lüg mich nicht an. Es gefällt dir sehr wohl.«

»Aber das sollte es nicht!«, rief ich und strampelte mit den Füßen. »Ich weiß nicht, warum ich so empfinde.«

»Und doch tust du es.«

»Anständige Mädchen tun so etwas nicht.«

»Und doch bist du ein anständiges Mädchen, auch wenn du mir erlaubst, das zu tun und du es genießt.«

»Ich genieße es nicht!«

»Oh ja, und ob du es genießt ...« Die Schläge wurden fester, bis ich nach Luft schnappte. Mein Hinterteil brannte, aber nicht so sehr wie meine Scham. Ein weiterer Hieb, und die Dämme brachen – wieder flutete Ekstase durch mich.

Erst, als Ulf mich aufsetzte und mir die Tränen wegwischte, wurde mir klar, dass ich geweint hatte.

»Braves Mädchen.« Er hielt mich fest, und ich kuschelte mich an ihn, fühlte mich geborgen und sicher bei diesem Mann, der mich weder vor ihm noch vor mir selbst weglaufen ließ.

Behutsam stellte er mich auf die Beine. »Geh jetzt. Leg dich neben Haakon und leiste ihm Gesellschaft.«

Haakon empfing mich mit offenen Armen. Ich ließ mich neben ihm nieder und achtete darauf, nicht gegen seinen Körper zu stoßen. Zwar schien er von Tag zu Tag stärker zu werden, aber ihn zu bewegen, hatte die Heilung verzögert.

Ich lag neben Haakon. Mein gesamter Körper war gerötet, als wäre ich zu nah am Feuer gewesen. »Ich weiß nicht, was mit mir passiert.«

»Das ist natürlich. Es ist deine Brunst.«

»Warum bin ich so? Warum wollt ihr mich?«

»Schhh, du bist perfekt. Die Bestie braucht einen Anker. Jemanden, den sie lieben kann. Jemanden, den sie beherrschen kann. Jemanden, den sie kontrollieren kann. Eine Gefährtin.«

Ich leckte mir die Lippen, damit ich sprechen konnte. »Ihr haltet mich für eure Gefährtin.«

»Ich weiß, dass du es bist. Bald werden wir die Bindung eingehen. Du wirst dich mit Ulf und mir vereinen, und unsere Geister werden sich verknüpfen. Wir werden eins sein.«

Beinah hätte ich geschrien. Die Leere in meinem Körper, die Sehnsucht – nun wusste ich, was sie zu befriedigen vermochte.

»Haakon, das kann ich nicht. Ich besitze nichts. Ich bin nichts. Wie kann ich da eure Gefährtin sein?«

»Als wir zum Kloster gekommen sind, haben wir dich schon von Weitem gewittert. Sobald wir dich gefunden hatten, wussten wir es. Vom ersten Topf an, den du nach uns geworfen hast.«

»Ich habe Angst.«

»Du hast keine Angst vor uns. Du hast so viele Jahre lang unterdrückt, wer du bist. Dich vor der Welt versteckt. Vor deinem Kampfgeist. Deinem Lachen. Deiner Schönheit.« Er griff sich eine Handvoll meiner Haare und zog leicht daran. »Aber du kannst dich nicht vor uns verstecken. Ich glaube, das macht dir am meisten Angst.«

»Nur so kann ich in Sicherheit sein.«

»Wir sorgen für deine Sicherheit.«

Darauf wusste ich nichts zu erwidern. Ich fürchtete mich nicht vor Gefahr. Vielmehr fürchtete ich mich vor den Gefühlen, die diese Männer in mir entfachten. Die mächtige Erregung überwältigte mich, bis ich verloren war. Wenn mich die Lust endgültig verzehrte, würde dann überhaupt noch etwas von mir übrig sein?

»Ich weiß es nicht«, flüsterte ich.

»Du musst nichts wissen. Du musst nicht mehr nachdenken. Du musst uns nur vertrauen. *Mir* vertrauen.«

Ich drehte den Kopf, um ihm ins Gesicht zu sehen. Dem

lachenden Krieger. Er war für mich von einer Klippe gesprungen.

»Na gut.«

Er drückte mich und schien mit angehaltenem Atem meiner Antwort zu harren.

»Ich vertraue dir.«

Er ergriff mein Kinn und eroberte einen Kuss von mir. In mir loderte das Fieber. Ich drängte mich an seinen Körper, wollte geradezu verzweifelt seine Haut an meiner spüren.

Dann brach ich den Kuss ab. »Ich will dir nicht wehtun.«

»Mein Körper ist für dich gebrochen. Tu, was du willst.«

»Ich küsse die Schmerzen weg, die ich dir zugefügt habe.«

Damit öffnete ich meinen Zopf, ließ mein Haar über seine Haut wallen und drückte die Lippen auf seinen harten Leib. Meine Zunge erkundete die Weiten seiner Muskeln, meine Hände ertasteten die Erhebungen und Vertiefungen. Ich verlor mich in der Landschaft seines Körpers.

»Oh Mädchen.« Seufzend ließ er zu, dass ich ihn unter dem Lendenschurz berührte.

»Ich will dir nicht wehtun«, wiederholte ich, denn ich hatte diesem Mann bereits genug Schmerzen verursacht.

»Wirst du nicht.« Er sah mich so vertrauensvoll an. »Mach, was immer du willst, Mädchen. Ich gehöre dir.«

Ich kroch zwischen seine Beine und entblößte ihn. Dann legte ich die Brüste auf beide Seiten seiner prallen Härte und rieb sie daran auf und ab. Gleichzeitig senkte ich den Kopf und kostete ihn.

»Oh Mädchen ...« Er stöhnte. Lächelnd drückte ich meine Brüste fester gegen seinen Schaft, während ich die Spitze abwechselnd küsste und leckte. Seine Oberschenkel spannten sich an.

»Komm her.« Er zog mich zurück neben sich. Dann küsste er mich, während er sich selbst streichelte.

»Darf ich?« Ohne eine Antwort abzuwarten, schlang ich meine zierliche Hand um ihn und staunte über die seidige Hitze, die ich spürte.

»Du wunderbares Mädchen. Wunderbare Lorbeer.« Er ließ sich von mir streicheln und fuhr dabei mit einer Hand über meinen Körper. Seine Finger glitten zwischen meine unteren Lippen, fanden meine empfindsamste Stelle und umkreisten sie. Er reizte mich, bis meine Hüften vorstießen und ich keuchte.

»Sag meinen Namen, Liebes.« Seine Lippen senkten sich auf mein Ohr. »Sag mir, wer deine Erfüllung in der Hand hat.«

»Haakon.«

»Willst du Erfüllung erfahren? Sag es mir.«

»Ja.«

»Bitte deinen Gefährten darum.«

»Bitte ...« Ich konnte kaum denken. »Ich brauche es. Ich brauche ... Haakon ...«

»Samen, Mädchen.«

Als mein Höhepunkt durch mich fegte, bewegte ich die Faust um Haakons Länge schneller und schneller. Er fühlte sich heiß und hart unter meinen Fingern an.

»Lorbeer ...« Haakons Hüften bäumten sich auf, als er kam. Ich ließ die cremige Flüssigkeit meine Hand beschichten. Er zitterte ein wenig, hatte Schweiß auf der blassen Stirn.

»Haakon? Tut es weh?«

»Ja. Aber der Schmerz ist es wert.«

Ich holte ein Tuch, reinigte ihn und schmiegte mich an seine Seite.

»Und wann gehen wir diese Bindung ein?«

»Es kann einige Zeit dauern, bis sie sich bildet. Ich glaube, dass Ulf dich zuerst als Gefährtin akzeptieren muss.«

»Er hasst mich.«

»Das tut er nicht.« Haakon küsste mein Haar. »Ulf denkt, er wäre nicht gutaussehend genug, um dich zu verdienen.«

»Mich stören seine Narben nicht. Mittlerweile gefallen sie mir beinah. Das sollte ich ihm sagen.«

»Das kannst du, Mädchen. Aber darüber hinaus musst du es ihm zeigen.«

EINE RAUE HAND WECKTE MICH.

»Lorbeer, steh auf.« Ulf reichte mir mein Kleid und meine Stiefel. »Zieh dich an. Schnell.«

Ich gehorchte und erübrigte nur einen flüchtigen Blick auf Ulf. Wie üblich konnte ich seinen Gesichtsausdruck nicht deuten.

Die Luft war kühl und trocken, in der Brise lag ein Hauch von Fäulnis. Über unseren Köpfen brodelten graue Wolken am Himmel. In der Ferne krächzten Vögel zu einem Geräusch wie von vielen raschelnden Flügeln.

»Hörst du das?«, fragte Ulf.

»Ja«, antwortete Haakon.

»Der Totenkönig hat uns gefunden. Die Grauen nahen.«

»Wir haben gewusst, dass es dazu kommen würde«, sagte Haakon leise.

Ulf nickte knapp. Mit einer schnellen Bewegung erhob er sich und holte mit der Axt aus.

»Was?« Erschrocken sprang ich auf. Aber Ulf hieb die Axt nur in Haakons Nähe in den Boden. Sein Kriegerbruder ergriff sie.

»Keine Sorge, Lorbeer. Leicht werden sie mich nicht töten.« Seine Augen blitzten.

»Was? Nein!« Ich hastete an die Seite des verwundeten Kriegers. »Haakon ...«

Ulf packte mich um die Taille. »Wir müssen weg, Lorbeer.«

»Nein!«, rief ich laut. »Ich verlasse ihn nicht.«

»Du musst«, sagte Haakon. »Ich kann dich nicht beschützen.«

Ich wand mich in Ulfs Armen. »Lass mich wenigstens auf Wiedersehen sagen«, flehte ich.

Er ließ mich runter, und ich warf mich neben den liegenden Krieger.

»Ach, Mädchen.« Haakon seufzte, als ich den Kopf sanft auf seine nackte Brust legte. »Du musst brav sein. Versprich es mir.«

»Ich verspreche es.« Ich presste die Lider zu und verbarg meine Tränen. Dabei drehte ich den Kopf und drückte einen Kuss auf die Stelle über seinem Herzen. Er ergriff mein Kinn, neigte mein Gesicht und eroberte meinen Mund. Wie immer reagierte mein Körper darauf mit einem wunderschönen Anflug von Gefühlen. Warum hatte ich je dagegen angekämpft?

»Du musst jetzt gehen.«

»Ich will nicht.«

»Tu, was Ulf sagt. Sonst fürchte ich, du könntest das Leben verlieren.«

»Ich werde gehorchen.«

»Brave Gefährtin.« Er küsste mich auf die Stirn.

»Wir müssen los. Sofort«, befahl Ulf und zog mich auf die Beine.

Ich eilte hinter ihm her und versuchte, mit ihm Schritt zu halten. Unterwegs wagte ich einen Blick zurück. Haakon saß aufrecht gegen einen Felsbrocken gelehnt. Er wirkte zwar unbekümmert, doch ich wusste, dass er hilflos war.

Am liebsten hätte ich geschrien. Würde ich ihn je wiedersehen?

Als ich stolperte, schwang mich Ulf ohne ein Wort in seine Arme.

Der Wald verschwamm, als der Krieger rannte. Einen Moment lang erschrak ich, als er langsamer wurde.

»Warte hier.« Er setzte mich ab und verschwand. Ich kauerte mich hinter einen Felsbrocken. Die Taubheit in meinem Inneren passte zur gespenstischen Stille im Wald.

Innerhalb kürzester Zeit kehrte Ulf an meine Seite zurück, hob mich wieder auf und setzte sich in eine andere Richtung in Bewegung. Wenig später jedoch bremste er schlitternd ab und fluchte leise.

»Was ist?« Unwillkürlich klammerte ich mich an ihm fest.

»Graue. Ich rieche sie vor uns.«

Ulf wechselte abermals die Richtung und hielt bald wieder an. »Wir sind umzingelt. Es sind zu viele, um gegen sie zu kämpfen.«

Als ich den Kopf drehte, konnte ich sehen, was er gewittert hatte. Etliche Ränge der Grauen, die sich zwischen den Bäumen hindurchbewegten.

»Wir müssen zurück.« Ich umklammerte seine Schultern, als er wieder in Laufschritt verfiel, zurück zu Haakon. Nur gab es in dieser Richtung keinen Fluchtweg.

Ulf sagte kein Wort, wählte nur wieder eine andere Richtung. Es half nichts. Wohin wir uns auch wandten, überall knisterte das Unterholz unter Hunderten von Füßen. Die wiederbelebten Toten erfüllten die Luft mit einem überwältigenden Gestank.

Ich erhaschte zwischen den Bäumen immer mehr Blicke auf die Grauen.

»Ulf ...« Ich zeigte mit der Hand. Er hielt auf einem bewaldeten Hügel inne. Zwei Gruppen von Grauen näherten sich uns und begannen, den Hang zu erklimmen. Ich beobachtete, wie ein Ausweg verschwand.

»Sie jagen uns«, brummte Ulf grimmig.

»Sie wollen mich, nicht wahr? Ich liefere mich ihnen aus.«

»Niemals.« Seine Arme verstärkten den Griff um mich, als er weiterrannte. Aber sogar ich merkte, dass wir zurück dorthin getrieben wurden, woher wir gekommen waren.

»Warte«, sagte ich. »Lass mich runter.«

Kurz zögerte er, und ich zischte: »Wir haben keine Zeit!«

Als ich auf dem Boden stand, riss ich mir das Kleid vom Leib. »Lauf damit weiter«, forderte ich ihn auf. »Verbreite meinen Geruch, so weit du kannst. Wenn sie sich aufteilen müssen, wird sich ein Weg auftun.«

Er nickte. »Geh zurück zu Haakon.« Er zeigte mir die Richtung. »Versteck dich.«

Als ich atemlos im Lager ankam, runzelte Haakon die Stirn. »Lorbeer?«

»Schhh.« Ich kroch an seine Seite. »Wir sind umzingelt. Ulf lenkt sie ab.«

»Sie müssen uns verstecken«, sagte er. »Ich kann Ulf nicht erreichen – der Totenkönig stört unsere Bindung. Ich fürchte, ihr beide habt die Gelegenheit verpasst, zu entkommen.«

»Ich wollte dich nicht zurücklassen.«

»Das musst du. Geh zu dem Felsen, Lorbeer, such dir einen Platz zum Verstecken. Ulf und ich kämpfen gegen so viele wie möglich. Sobald ihre Zahl geringer ist ...«

Ich schüttelte den Kopf: »Ohne euch überlebe ich nicht.«

»Du musst«, entgegnete Haakon knurrend. »Verdammt, du musst hier weg. Versteck dich vor den Grauen. Sie hassen Wasser ...«

»Ist das alles, was sie fürchten?«, fragte ich, als eine Idee in mir keimte.

»Nun ja, auch Berserker, wenn genug von uns da sind. Ich versuche, die Alphas zu erreichen und ihnen zu übermitteln, dass du kommst ...«

»Haakon«, sagte ich so ruhig, wie ich konnte. Das Kribbeln entlang meiner Wirbelsäule verriet mir, dass sich die Grauen näherten. »Ich gehe nicht ohne dich. Du musst mir sagen, was ich tun soll. Ich will kämpfen.«

Der Krieger fluchte wüst.

Ich sah mich um. Ein Stück entfernt am Beginn der Schlucht wirkte der Boden nass. »Der Bach«, flüsterte ich.

»Das reicht nicht, Mädchen. Der Boden ist zwar feucht, aber nicht nass genug, um die feindlichen Streitkräfte fernzuhalten.«

»Die Grauen sind mir egal.« Ich eilte zu Ulfs zurückgelassenem Bündel und betete, dass es enthalten würde, was ich brauchte. »Mir geht es nur um uns.«

Kurz danach beobachtete mich Haakon, wie ich auf einen Haufen Kiefernnadeln blies. Das Feuer ließ sich recht schnell entfachen. Der Boden fernab der Schlucht unter den Kiefern war trocken. Und Ulf hatte seinen Feuerstein zurückgelassen.

»So«, flüsterte ich und nährte die Flamme mit in Pech getauchten Stöcken. Ich lief die trockenen Stämme der Bäume entlang und legte kleine Feuer, wo ich konnte. Mit etwas Glück würde ein kräftiger Ring aus Feuer Haakons und meine Flucht abschirmen, wenn die Grauen eintrafen.

Ich schlich zurück zu Haakon.

»Was jetzt?«

»Jetzt warten wir.« Ich zuckte zusammen, als das Feuer knisterte und mit jedem in Pech getauchten Zweig wuchs, den es verschlang. Rauch kräuselte sich von der Rinde der Bäume.

»Ulf wird nicht herkommen können, um dich zu holen.«

Mir zog sich innerlich alles zusammen. Ich wusste, dass der große Krieger das Feuer fürchtete. Das hatte mich auf die Idee gebracht.

»Geh, Mädchen. Klettere den Felshang hinauf, so weit du kannst, und versteck dich.«

Ich richtete mich auf. »Ohne dich gehe ich nicht«, wiederholte ich.

Haakon seufzte. »Ich kann nicht laufen, Mädchen.«

»Ich weiß.« Ich biss mir auf die Unterlippe. Um ihn zu ziehen, war er schlichtweg zu groß und zu schwer. »Wenn ich die Axt trage, kannst du dann kriechen?«

21

ULF

Die Grauen zischten wie Schlangen, während sie marschierten. Ich hielt mich von ihnen fern und witterte eine Rotwildherde, die mit der Flucht zu lange gewartet hatte. Ich preschte los, schnappte mir eines der überraschten Tiere und brachte ein Stück von Lorbeers rotem Kleid daran an. Als ich den Hirsch entkommen ließ, flatterte der Stoff an seinem dünnen Bein rot wie eine Wunde.

Damit hatte ich den letzten Fetzen verteilt. Die Grauen brachen nach und nach aus ihrer Formation aus und jagten Lorbeers an falscher Beute angebrachter Witterung hinterher. Schon bald würden die Hirsche den Grauen zum Opfer fallen, und wir würden unseren Halt um diese Ecke des Walds verlieren, aber wenn ich mich beeilte, würden wir vielleicht eine Chance haben zu entkommen.

Als ich mich umdrehte, erfasste mich ein bitterer Geruch. Ein vertrautes Knistern erfüllte die Luft, tausendfach verstärkt. Zu meinen Füßen krabbelten Käfer und ergriffen die Flucht. Nicht weg von den Grauen. Auf sie zu.

Eine alte Angst brachte meine Haut zum Kribbeln, denn ich wusste, was Lorbeer getan hatte.

22

LORBEER

Am Ende klemmte sich Haakon die Axt zwischen die Zähne, während er kroch. Seine Muskeln spannten sich an, Schweiß lief ihm über den nackten Rücken, aber wir näherten uns dem Felsen.

»Da.« Ich zeigte mit dem Finger. »Eine Höhle.«

»Geh«, presste er zwischen zusammengebissenen Zähnen hervor.

»Das mache ich, sobald du dich versteckt hast.«

Er beeilte sich. Ich biss mir auf die Unterlippe und wartete.

Hinter uns wütete das Feuer ungebändigt. Es hatte sich schneller ausgebreitet, als ich vermutet hatte, denn die Flammen verschlangen den trockenen Zunder am Fuß der Kiefern geradezu. Das feuchte Fleckchen Erde am Fuß der Schlucht hatte das Feuer noch nicht erreicht.

Ich wagte kaum zu atmen, bis Haakon durch den Eingang der kleinen Höhle kroch.

»Ich komme zurecht, Liebes!«, rief er mit der Axt in der Hand. »Hier ist es feucht genug. Lass mich jetzt allein. Klettere die Felswand hinauf – in höheres Gelände. Ulf wird dich finden.«

Ich rannte los – und bremste jäh ab. Graue tauchten auf dem Hügel über der Schlucht zwischen den Bäumen auf, bleich und stinkend wie Maden. Zischende Geräusche gingen von ihnen aus, laut genug, um mit dem Feuer zu wetteifern. Sie hielten Speere. Wenn sie schnell kämen, könnten sie dem Feuer noch entgehen. Mit den Speeren könnten sie Haakon treffen, und ...

»Geh endlich, Mädchen. Worauf wartest du noch?«

»Ich bin die Beute, die der Totenkönig will, richtig? Die Grauen werden mir nichts tun.«

»Sie werden versuchen, dich mitzunehmen! Warte auf Ulf und ...«

»Es tut mir leid«, murmelte ich. »Diesmal kann ich nicht gehorchen.« Dann erhob ich die Stimme, winkte mit den Armen und kletterte den Hang hinunter in Richtung des Feuers. »He! Hier drüben!«

Die Grauen strömten von der Baumgrenze in meine Richtung. Einige schienen angesichts der heißen Flammen zu zögern, aber wenn einer stolperte, stieß ihn ein anderer zu Boden, stieg über ihn hinweg und nahm seinen Platz ein.

»Kommt schon!«, rief ich und hustete. Der Rauch wurde zunehmend dichter. Gebückt rannte ich mit tränenden Augen weiter, bis ich fand, was ich suchte: einen langen Ast, an einer Seite mit Pech überzogen. Ich schnappte ihn mir, lief durch die ofenheiße Luft und hielt den Ast in die Flammen. Sofort fing er Feuer.

Die Grauen konnten ruhig versuchen, mich zu entführen. Dafür würden sie brennen.

Der Rauch brachte mich zum Husten, als ich mich mit meiner Fackel dem Feind näherte.

»Ihr wollt mich? Ihr könnt mich haben.« Die brennende Fackel hoch erhoben rannte ich auf die Gruppe der Grauen zu. Mehrere wichen zurück.

Der vorderste Graue hob seinen Speer so an, dass die Spitze zum Himmel wies. Ich verspürte den Anflug eines Triumphgefühls. Also hatte ich recht gehabt – sie würden es nicht wagen, mich zu töten.

Als ich die Fackel gegen ihn schwenkte, bestätigte sich meine zweite Vermutung. Die Grauen waren Leichen – *alte* Leichen. Die Fackel setzte die Gestalt vor mir in Brand.

Trockene Haut und Knochen knisterten unter den Flammen und zerbröckelten zu Staub.

Ich schrie und würgte, als mir der widerliche Rauch in den Hals drang.

Von Flammen verhüllt ging der Graue zu Boden. Er rollte ins Unterholz und breitete das Feuer auf seine Gefährten aus. Tote Hände griffen nach mir, und ich zündete sie alle an.

Mit zischenden Schreien fielen die Grauen unter den Flammen.

Meine Augen tränten, meine Nase lief, und ich hustete, während ich den Weg zurückrannte, den ich gekommen war, doch mittlerweile brannte es überall.

»Lorbeer!« Ulf stand auf der Kuppe des Hügels.

»Hier!«, rief ich mit rauer Kehle und schrak zurück, als weitere Büsche um mich herum Feuer fingen. Jeder in diesem Wald noch verbliebene Graue würde zum Raub der Flammen werden.

Ich hoffte nur, Haakon würde nicht mit ihnen verbrennen.

Ulf rannte auf mich zu und verlangsamte die Schritte, um Brandherden auszuweichen. Schweiß lief ihm über den

Körper. Sein vernarbtes Gesicht glich einer Maske, dennoch konnte ich seinen Gesichtsausdruck diesmal deuten: Angst.

Als der Saft an einer Kiefer explodierte, hielt ich mir die Arme über den Kopf, um ihn vor den sprühenden Funken zu schützen.

»Lorbeer!«, rief Ulf. »Komm zu mir.«

»Ulf, ich kann nicht! Die Flammen.«

»Komm zu mir. Ich lasse nicht zu, dass du verbrennst.«

Aber als ich auf ihn zurannte, schlug mir knisternde Hitze entgegen, heißer als der heißeste Ofen. Ich hatte gedacht, ich könnte es ertragen – konnte ich aber nicht.

Mit Gebrüll rannte er durch das Feuer zu mir. Die Kreatur, die mich erreichte, war halb Mensch, halb Bestie. Flammen züngelten über ihren pelzigen Körper.

Ulf schnappte mich und rannte zurück den Hügel hinauf. Vorbei an den Bäumen, die nicht umstürzten, obwohl das Feuer sie von innen heraus verzehrte. Vorbei an den brennenden Überresten der Grauen. Ich hielt mir einen Arm über die Augen, um sie vor dem Rauch zu schützen. Der Atem strömte aus meiner Lunge. Von der Hitze erschienen Blasen auf meiner Haut. Aber Ulf hielt mich weiter fest.

»Bist du verletzt? Bist du verbrannt?«

Ich klammerte mich an ihn und schüttelte stumm den Kopf. Zu sprechen, tat zu sehr weh.

Überall um uns herum verschlangen die Flammen den Wald.

Was hatte ich nur getan?

»Ulf ...«, stieß ich erstickt hervor. Meine trockene Kehle schrie nach Wasser. »Wir müssen Haakon holen!«

»Zu spät.«

Und da wurde mir bewusst, was ich getan habe. Ich

hatte Haakon umgebracht. Ich hatte meinen Gefährten getötet.

Kraftlos ließ ich die Hand sinken, drehte mich in Ulfs Armen und blickte zurück zu dem rötlichen Flammenmeer. Die Welt verschwamm. Rauch füllte meine Lunge.

»Lorbeer? Lorbeer! Halt durch ...«

Ich ließ mich von der Dunkelheit holen.

LORBEER

J emand rief mir aus der Dunkelheit zu. Ich musste die Stimme erreichen ...

Als ich erwachte, spürte ich kühlende Tücher auf dem Gesicht.

»Ulf? Haakon ...« Wimmernd zappelte ich und riss an den Verbänden, als wären sie Ketten.

»Schhh, Lorbeer.«

»Schwester Juliet?« Ich erkannte eine der Nonnen. Sie war früher eine Waise gewesen, hatte aber das Gelübde abgelegt.

»Nur Juliet«, teilte sie mir mit traurigem Blick mit. »Das Kloster gibt es nicht mehr.«

Ich wollte entgegnen, dass ihr Gelübde trotzdem intakt wäre, aber sie sah so erschüttert aus, dass ich lieber den Mund hielt.

»Wie fühlst du dich?«, fragte sie. Ich lag in einer Hütte auf einem weichen Bett, bekleidet mit einem neuen, sauberen Untergewand. Meine Verbrennungen waren verbunden, mein Gesicht fühlte sich zwar rissig an, pochte aber nicht allzu sehr.

»Wo bin ich?«, fragte ich mit krächzender Stimme.

Sie hob mir ein Trinkhorn mit Wasser an die Lippen, und ich nippte daraus.

»Du bist im Zuhause der Berserker, zusammen mit allen anderen Gefangenen.«

»Wie viele sind hier? Sind sie dem Totenkönig entkommen? Wo sind meine Gefährten?«

Juliet brachte mich zum Schweigen, indem sie das nachgefüllte Trinkhorn so neigte, dass ich trinken konnte.

»Du hast einen Tag und eine Nacht geschlafen. Ein Berserker mit vernarbtem Gesicht hat dich hergebracht.«

»Das ist Ulf«, sagte ich, begierig auf Neuigkeiten. »Ist er hier? War er schwer verletzt?«

»Vielleicht könnte jemand anders die Fragen besser beantworten als ich.« Sie trat einen Schritt zurück und schaute so traurig drein, dass ich sie trösten wollte. Aber dann erblickte ich ein vertrautes Gesicht, das um die mit einem Tuch verhangene Nische lugte, in der ich lag.

»Hasel«, entfuhr es mir. Ein Grinsen teilte das sonnengebräunte, liebliche Antlitz. Sie kam näher, trug ein feines Gewand, hatte Blumen im geflochtenen Haar. Um ihren Hals prangte ein Wendelring, ihre Füße steckten in pelzbesetzten Stiefeln. Ihr Gesicht strahlte.

Sie hopste aufs Bett und umarmte mich innig.

»Lorbeer! Du lebst – und es geht dir gut.«

»Dir aber auch.« Staunend musterte ich meine Freundin. »Ich dachte, du wärst tot.«

»Das dachten wir auch von dir. Der Totenkönig hat viele angegriffen, als sie das Kloster verlassen haben, aber die meisten sind entkommen. Mein Gefährte meint oft zu mir, dass nicht viel einen Berserker zu töten vermag.«

Beinah musste ich darüber lachen, wie sie den Ton eines ruppigen Kriegers nachahmte. Dabei musste ich an meine eigenen Gefährten denken. Ich ergriff den Arm meiner Freundin. »Hasel, wo sind die anderen? Sind sie in Sicherheit?«

»Viele schon. Salbei und Weide sind zurückgekehrt. Schwester Juliet wacht über die Jungen hier. Als du hergebracht worden bist, warst du vom eingeatmeten Rauch bewusstlos, aber hier gibt es mächtige Heilerinnen.«

»Und meine Gefährten? Haakon und Ulf? Weiß man etwas über sie?«

Hasel runzelte die Stirn. Mir drehte sich der Magen um.

»Bitte sag etwas. Ist wenigstens Ulf hier? Kann ich mit ihm sprechen?«

»Ich weiß es nicht, Lorbeer.« Hasel ergriff meine Hand. »Warte kurz. Ich frage meinen Gefährten.« Sie schloss die Augen und wirkte plötzlich so konzentriert, wie ich es von Ulf und Haakon kannte, wenn ich vermutete, dass sie sich von Geist zu Geist miteinander verständigten. Ein Herzschlag nach dem anderen kroch vorbei, während ich Hasels Hand drückte.

Hinter den Vorhängen, die mein Bett umgaben, stiegen junge Stimmen zum Gebälk auf, auch die von Schwester Juliet.

Schließlich zuckte Hasel zusammen und blinzelte.

Ich konnte nicht verhindern, dass aus mir herausplatzte: »Du hast einen Gefährten?«

»Ja«, antwortete sie atemlos und errötete ein wenig. »Er war nicht glücklich darüber, dass ich ihn nach einem anderen Berserker gefragt habe. Ich musste es ihm erklären. Er hat einen ausgeprägten, äh, Beschützerinstinkt.« Der sanfte Ausdruck in ihrem Gesicht verriet mir, dass ihr das gefiel.

»Konnte er dir sagen ...«

»Ja. Ulf hat dich hierher getragen und ist mit einer Gruppe wieder los, um seinen Kriegerbruder zu suchen.«

»Und?«

»Das ist alles, was mein Gefährte weiß«, flüsterte Hasel. »Tut mir so leid.«

Ich wischte mir Tränen aus dem Gesicht. »Ist schon gut. Es war zu viel gehofft.«

»Du musst weiter hoffen«, sagte sie. »Und warten. Berserker sind stark. Offensichtlich liegt dir sehr viel an ihnen.«

»Sie sind meine Gefährten«, sprach ich die Worte aus, gegen die ich mich so lange gewehrt hatte. Dabei fühlte es sich wie etwas an, das ich schon immer gewusst hatte.

Ein Schatten huschte über die Züge meiner Freundin. »Hasel? Was ist?«

»Ich wusste nicht, dass du schon die Bindung mit jemandem eingegangen bist.«

»Ich ... also ... das bin ich nicht. Ich habe keine Verbindung zu ihrem Geist. Aber es kann eine Weile dauern, bis sich das einstellt, oder?«

»Kann es«, bestätigte Hasel langsam. »Aber ich war nicht deshalb unsicher, ob du einen Gefährten hast oder nicht.«

»Ich *habe* Gefährten. Ulf und ... Haakon.« Sofern Haakon noch lebte.

Ein Anflug von Mitleid trat in Hasels Gesichtsausdruck.

»Heraus mit der Sprache«, flehte ich sie geradezu an.

»Du bist in der Hütte für die ungepaarten *Holzmouwas*. Bei Schwester Juliet und den jüngeren Mädchen – niemand hat Anspruch auf sie erhoben. Die Alphas haben verfügt, dass eine Frau erst brünstig werden muss, bevor sie beansprucht werden kann.«

»Aber was hat das mit mir zu tun?«

»Ulf und Haakon haben eine Hütte für ihre zukünftige

Gefährtin gebaut. Aber Ulf hat dich *hierher* gebracht. Es tut mir leid, Lorbeer. Ich glaube nicht, dass Ulf dich hier gelassen hätte, wo jeder Krieger Anspruch auf dich erheben könnte, wenn er wirklich dein Gefährte wäre.«

Ich rannte durch den brennenden Wald und wich herabfallenden Ästen aus. Die ganze Welt stand in Flammen. Bald würden sie auch über mich hereinbrechen.

»Ulf«, schrie ich. »Haakon!«

»Lorbeer?« Ein leises Flüstern lockte mich durch die zunehmende Düsternis. Ich steuerte darauf zu und watete durch die dichte Dunkelheit wie durch Wasser.

»Haakon? Ich bin hier. Sag mir, wo du bist«, flehte ich. Die Welt schrumpfte, und ich kroch durch sie wie durch einen Tunnel. »Ich höre dich atmen. Ich weiß, dass du lebst. Ich finde dich. Bleib wach, Liebster. Bleib wach!«

Mit einem Ruck erwachte ich.

»Wie geht es ihr?« Eine Stimme hinter dem Vorhang, gedämpft. Schwester Juliet – oder nur Juliet, wie sie genannt werden wollte – antwortete zu leise, als dass ich sie hören konnte.

Ich wusste nicht, wie viel Zeit vergangen war, seit Hasel von meiner Seite gewichen war. Es spielte keine Rolle. Mein Leben und meine Zeit spielten keine Rolle mehr.

Haakon wurde vermisst und für tot gehalten. Ulf hatte mich zurückgelassen, auf dass ein anderer Anspruch auf mich erheben könnte.

Ich rollte mich auf die Seite, hatte keine Tränen mehr übrig. Mittlerweile wünschte ich bei Gott, ich hätte das

Feuer nicht gelegt. Ulf hasste Feuer. Wie viel mehr musste
er mich erst dafür hassen, dass ich seinen Kriegerbruder
mit Flammen getötet hatte?

»Lorbeer?« Hasel zog den Vorhang zurück. »Hier ist
jemand, der dich sehen möchte.«

Wie sich herausstellte, handelte es sich um Salbei und
Weide, meine alten Freundinnen. Feine Kleider, Pelzstiefel,
gerötete Gesichter: der Inbegriff von Berserker-Frauen. Ich
umarmte sie, gab aber nicht vor, glücklich zu sein.

»Oh Lorbeer.« Salbei streichelte mein Haar. Mit rosigen
Wangen und flachsblondem Haar sah sie viel gesünder aus
als bei unserer letzten Begegnung. Ganz so, als hätte sie
wochenlang gut gegessen, nicht nur tagelang.

»Du siehst so gut aus«, murmelte ich zu ihr und wollte
selbst nicht noch mehr Mitleid.

»Meine Gefährten«, erwiderte sie und errötete. »Sie ...
kümmern sich gern um mich.«

Weide und Salbei erzählten mir ihre Geschichten,
während ich mich anzog. Die alte Lorbeer hätte ihnen nicht
geglaubt. So viel hatte sich für uns alle verändert. *Wir* hatten
uns verändert. Wir waren nicht mehr dieselben Mädchen
wie im Kloster.

Salbei hatte zu Ende erzählt, saß da und bürstete mir
das Haar, als Juliet uns unterbrach. Sie schaute gequält
drein. »Lorbeer, kannst du mir helfen?«

»Natürlich.« Hastig folgte ich ihr.

»Unsere Entführer haben uns Essen gebracht. Aber ...«
Sie deutete mit einer Hand auf den großen Kadaver, der
neben der Feuerstelle lag.

»Ich verstehe«, sagte ich. »Hasel, kann dein Gefährte das
besser für uns vorbereiten?«

»Ja, aber nicht hier. Keinem der Berserker ist es erlaubt,

hereinzukommen. Darauf steht die Todesstrafe. Erlass der Alphas«, erklärte Hasel.

»Sie hätten ihn wenigstens häuten können.« Weide stupste das tote Wild mit einem Fuß.

»Das ist nicht das erste Mal, dass uns rohes Fleisch geliefert wird. Tatsächlich haben wir bisher nichts anderes als Fleisch gehabt. Vielleicht kann dein ... *Gefährte*« – Juliets Nasenflügel blähten sich bei dem Wort angewidert – »etwas Geeigneteres für uns finden. An so üppige Kost sind wir nicht gewöhnt.«

Hasel straffte die Schultern. »Ich bin sicher, unsere *Retter*« – sie betonte das Wort – »bringen uns mit Freuden, was immer wir brauchen.«

»Kein Grund zum Streiten«, murmelte Salbei. »Wir sind auf derselben Seite.«

Juliet nickte steif. Sie trug ein robustes Kleid ähnlich unseren, bedeckte allerdings ihr Haar mit einem Schleier wie die Nonnen im Kloster. Ihre Augen wirkten ein wenig gerötet. »Was sollen wir in der Zwischenzeit essen?«

»Ich kann Grütze kochen«, schlug ich vor, »wenn ihr mir einen Topf und Getreide gebt.«

»Oh ja, Lorbeer macht die beste Grütze!«, rief Klee, eine der Jüngeren. »Sie tut sogar Pflaumen rein.«

»Ich weiß nicht, ob wir Pflaumen bekommen können«, zweifelte ich.

»Die Berserker können alles besorgen«, sagte Hasel. »Obwohl es im Augenblick schwieriger ist, weil die Alphas wegen dem Totenkönig das Reisen einschränken.«

»Wegen wem?«, fragte eines der anderen jungen Mädchen.

»Wegen einem König, Liebes«, antwortete Juliet. »Er führt Krieg gegen diese ... Krieger.«

»Mehr erklären wir dir später«, fügte Hasel hinzu und

sah Juliet mit hochgezogenen Brauen an. »Irgendwann müssen sie es erfahren.«

Wieder nickte Juliet steif. »Kommt«, forderte sie ihre Schützlinge auf. »Mal sehen, ob die Wachen uns wieder auf die Wiese lassen, um Gänseblümchen zu pflücken.«

»Was stimmt nicht mit Juliet?«, fragte ich, sobald die anderen gegangen waren.

»Ich weiß es nicht.« Salbei runzelte die Stirn.

Hasel zuckte mit den Schultern. »Sie ist unglücklich darüber, dass sie hier ist.«

»Wo sind die anderen Nonnen?«

»Sie hatten die Wahl, mitzukommen oder wegzulaufen. Juliet war die Einzige, die sich entschieden hat zu bleiben, um auf die Jüngeren aufzupassen und sie zu beschützen. Die anderen sind weggerannt, um die eigene Haut zu retten.«

»Ich bin froh, dass sie nicht hier sind«, verkündete Weide. »Sie waren grausam zu uns.«

Ich zitterte, als ich an einige der Strafen zurückdachte.

»Wahrscheinlich haben sie nicht überlebt«, meinte Salbei leise. »Der Totenkönig hat alle Männer im Dorf in Graue verwandelt und das Kloster angreifen lassen. Danach gab es ein großes Erdbeben. Alles dort wurde zerstört.« Sie hob den Blick und stellte fest, dass wir drei sie anstarrten. »So haben es mir meine Gefährten erzählt.«

»Ich werde Juliet fragen, ob es ihr gutgeht. Die Alphas werden nicht zulassen, dass man sie schlecht behandelt«, sagte Weide.

»Es ist für uns sowieso zu gefährlich da draußen«, meinte Hasel schnaubend. »Der Totenkönig will verzweifelt seine Macht mehren. Zumindest sind wir hier sicher. Niemand wird sich so gut um uns kümmern wie die Berserker.«

Ich presste die Lippen zusammen. Hasel wäre beinah dem Totenkönig geopfert worden und konnte nur mit knapper Not entkommen, als ihr Gefährte sie gerettet hatte. Sie hatte eine andere Meinung von den Berserkern als die *Holzmouwas*, die mitten in der Nacht verschleppt worden waren. Natürlich waren Weide und Salbei auch glücklich gepaart. Ich beschloss, selbst mit Juliet zu reden. Wenn es sonst schon nichts brachte, würde es mich zumindest von Haakon und Ulf ablenken.

»Also, was ist jetzt mit der Grütze?«, fragte ich und hängte mich bei Salbei und Weide ein.

»Wir zeigen dir etwas.« Hasels Züge hellten sich auf. »Hier gibt es einen Ort, den du vielleicht gern sehen würdest. So was wie ein Geschenk für dich von den Berserkern.«

Hasel führte uns aus der Hütte und schenkte dem Wachmann an der Tür keine Beachtung, bis er seinen Stab vor ihr senkte.

»Ihr könnt nicht gehen.«

»Doch, kann ich. Mein Gefährte wartet auf mich.«

»Unsere Gefährten auch«, sagte Weide, sah dem Berserker jedoch nicht in die Augen. Salbei spielte mit dem Wendelring um ihren Hals, die Augen zu Boden gerichtet.

»Sie ist ungepaart.« Der Wächter zeigte auf mich. Seine Worte trafen mich wie ein Schlag. Ich starrte ihn an, bis Weide meine Hand ergriff und mir zuflüsterte: »Augen nach unten.«

»Wir begleiten sie, und unsere Gefährten begleiten uns. Niemand wird sich ihr nähern. Es sei denn, du hast vor ...« Hasel zog mich so nach vorn, dass meine Brüste beinah den Stab berührten, den der Krieger hielt. Der Wächter riss den Stab hoch und errötete. Ich sah ihm verwegen in die Augen, und er wandte ruckartig den Kopf ab. Als wir hinausgingen, hielt er uns nicht noch einmal auf.

»Komm.« Hasel zog mich mit. Widerwillig folgte ich ihr. Einen Moment lang war ich von meinen elenden Gedanken an Ulf und Haakon abgelenkt gewesen. Der Wachmann hatte ein bisschen albern, aber süß gewirkt.

»Kein Wunder, dass es so viele Anträge darum gegeben hat, dich zu umwerben«, murmelte Weide.

»Was?« Ich löste den Blick von dem Wachmann.

Salbei zuckte mit den Schultern. »Die Berserker merken, dass du brünstig bist.«

Drei weitere Wächter hielten sich am Rande des Felds auf, wo Juliet und die jüngeren Mädchen saßen und Kränze aus Gänseblümchen flochten. Trotz des schönen, warmen Tags waren die Berserker schwer bewaffnet und wachsam, als ob sie mit einem Angriff rechneten.

»Die Wachen dürfen uns nicht zu nahe kommen«, erklärte mir Hasel. »Und es sind immer mindestens vier anwesend. Wahrscheinlich verbergen sich im Wald noch mehr. Morgens, mittags und abends. Vielleicht wird sich der Totenkönig nie hierher wagen, aber die Alphas sagen, man kann nicht vorsichtig genug sein.«

Das Zuhause der ungepaarten *Holzmouwas* stand auf einem felsigen Grat eines abgeschiedenen Teils des Bergs. Um die Hauptwege zu erreichen, mussten wir über riesige Felsbrocken klettern und uns den Weg über eine Brücke durch eine Schlucht bahnen.

»Es ist, als würden sie einen wertvollen Schatz beschützen«, murmelte ich, als wir die Brücke überquerten.

Salbei warf einen Blick zurück zu mir, die Röcke mit den zierlichen Händen angehoben. »Das tun sie.«

Zwei weitere Wächter warteten am Ende der Brücke mit Speeren in den Händen.

Hasel winkte jemandem zu, den ich nicht sehen konnte – einem Schemen im Wald. »Mein Gefährte«, erklärte sie. »Er begleitet uns heute, aber Weides und Salbeis Gefährten wollen ihn nicht zu nahe bei ihnen haben.«

Ich nickte und versuchte, so zu tun, als wäre ich froh, keine so eifersüchtigen Männer zu haben. Meine drei Freundinnen führten mich einen gewundenen Pfad entlang und zeigten mir die Richtung zum Bach und zu ihren eigenen Hütten entlang des Wegs. Der Tag war frisch und schön. Meine Freundinnen und die in der Brise tänzelnden Blumen ließen mich beinah den Krieg vergessen, der jenseits des sonnigen Bergs tobte. Der Totenkönig hatte mehrere Gruppen von Berserkern und die von ihnen begleiteten *Holzmouwas* besiegt. Die Alphas ließen Patrouillen das Land nach den vermissten Männern durchkämmen. Ich wusste nicht, ob Haakon noch am Leben war, und Ulf ... nun, es hatte schon seinen Grund, warum mich die Wächter für ungepaart hielten.

»Hier ist es!« Hasel stürmte den Hang vor uns hinauf. Die Hütte stand auf einer vor Blumen strotzenden Wiese, mit einer weitläufigen Aussicht vom Wald abgewandt. Ich hob die Röcke an, stieg über die Stümpfe frisch gefällter Bäume hinweg und folgte einer Spur von Sägespänen zu einem großen Raum, den man seitlich an die Hütte angebaut hatte. Die hellen Rundhölzer und der Duft von neuem Holz verrieten mir, dass der Ort erst unlängst fertiggestellt worden war.

»Gefällt es dir?«

Ich wanderte durch den weitläufigen Raum. Eine große Feuerstelle aus Stein beherrschte die Wand, die er sich mit dem Rest der Hütte teilte. Eine offene Tür führte in finstere Tiefen dahinter, aber da Hasel nicht hinging, erwähnte ich sie nicht. Der Raum bot auch so genug, was meine

Aufmerksamkeit erregte. Robuste Arbeitsplatten säumten die restlichen Wände, und in der Mitte standen zwei große Tische auf Böcken. Zwei Außentüren und eine lange Reihe von Freiluftfenstern sorgten für viel Licht.

»Nun?«, fragte Hasel.

»Sehr schön hier«, murmelte ich und fragte mich, warum sie mich hergebracht hatte.

Salbei und Weide traten mit Körben in den Händen ein. Grinsend hängten sie Kräuterbündel an die Haken in den unteren Dachsparren. Hasel griff unter einige Arbeitsplatten und holte Schüsseln und Teller hervor.

Eine Erkenntnis dämmerte mir. »Das ist eine Küche.«

»Genau.« Salbei klopfte sich Kräuterblätter von den Händen und stellte einen Korb mit Äpfeln auf den aufgebockten Tisch.

»Die Berserker haben sie für dich gebaut. Die Hütte gab es schon, aber den Raum haben sie hinzugefügt.«

Ich fuhr mit der Hand über den wunderschönen Steinsims. Die Feuerstelle war groß genug, um ein Wildschwein darüber zu braten – oder zwei. »Warum?«

Hasel zuckte mit den Schultern. »Wir haben darüber gesprochen, wie gut du kochst. Die Alphas müssen es für eine gute Idee gehalten haben, dir einen Arbeitsplatz zu geben, da wir jetzt mehr Mäuler zu stopfen haben.«

Überwältigt setzte ich mich an die Feuerstelle. Das Gebäude übertraf alles, was ich mir je erträumt hatte. Hier könnte ich glücklich sein. Ich könnte die Tage in der Küche verbringen und kochen, was immer ich wollte. An den Abenden könnte ich mit meinen Freundinnen zusammen sein und sie mit gutem Essen versorgen. Nur meine Nächte würden einsam sein.

Ein Pfiff erschrak mich.

»Lieferung für die Köchin«, verkündete eine tiefe

Stimme. Weide und Salbei wichen von der Tür weg, als ein Berserker hereinkam. Seine Muskeln spannten sich, als er ein verschnürtes Stück Wild anhob. »Wohin willst du es haben?«

»Äh, einfach da.« Ich zeigte hin. Er lächelte und legte sein Bündel auf einem der Tische ab. Ein Wildschwein, zweifellos frisch erlegte Beute.

»Danke«, sagte ich zu dem Krieger. Er grinste, nickte knapp und marschierte davon.

Meine Freundinnen lächelten alle. Mir fiel auf, dass alle die Augen von ihm abwandten.

»Sei vorsichtig, wen du ansiehst, Lorbeer«, warnte Hasel, als sich der Krieger außer Hörweite befand.

»Warum?«

»Die einzigen Männer, die wir ansehen dürfen, sind unsere Gefährten«, klärte Salbei mich auf.

Ich gab einen genervten Laut von mir.

»Ist nicht so schlimm, wenn man sich daran gewöhnt hat«, meinte Weide mit einem reumütigen Lächeln. »Wenn du einen Krieger ansiehst, ermutigst du ihn.«

»Willst du das etwa?«, fragte Hasel.

»Nein«, antwortete ich schnell.

»Dann sei lieber vorsichtig«, warnte Salbei. »Unsere Gefährten mögen es nicht, wenn wir andere Männer anschauen. Vielleicht eines Tages, wenn die meisten Krieger gepaart sind und als zivilisierte Männer statt als Bestien leben. Aber vorerst halten wir uns an die Regeln oder unterwerfen uns Strafen.«

»Natürlich scheint es den Berserkern diebisches Vergnügen zu bereiten, ihre Gefährtinnen zu bestrafen«, fügte Weide hinzu, und wir alle liefen rot an.

Um meine Gefühle zu verbergen, beschäftigte ich mich mit der Lieferung, die der Krieger gebracht hatte. Wildschwein – Haakons Lieblingsfleisch. Meine Kehle fühlte sich wie zugeschnürt an.

»Alles in Ordnung?«, fragte Hasel.

Ruckartig nickte ich.

»Um das Fleisch richtig zu beizen, brauche ich ein paar Kräuter. Meinst du, dein Gefährte begleitet uns dafür in den Wald?«

»Natürlich«, sagte Hasel nach einer kurzen Pause. »Ich habe einen Garten angelegt, den würde ich dir gern zeigen. Noch ist zwar nichts gepflanzt, aber Knut hat den Boden umgegraben, um ihn darauf vorzubereiten. Er beschwert sich, weil er seinen besten Speer in eine Hacke verwandeln musste.« Sie lachte.

»Ich hätte auch gern einen Garten«, sagte Weide. »Die Männer sind größtenteils mit rohem Fleisch zufrieden, aber ich sehne mich nach neuen Gerichten.«

»Ja, du musst uns sagen, welche Kräuter gut zum Würzen sind, Lorbeer. Die bauen wir als Erstes an«, sagte Salbei.

»Nehmt diesen Weg.« Hasel zeigte auf eine kleine Tür links neben der Feuerstelle. »Er führt direkt in den Wald und zu einem Bach.«

Salbei griff sich einen Eimer, trat den Weg zum Ausgang an und stolperte beinah über ein Bündel toter Kaninchen auf der Schwelle.

»Für dich, Lorbeer. Weitere Opfergaben für die Königin der Küche.« Hasel lächelte.

»Es spricht sich schnell herum«, murmelte Weide zu Salbei.

Etwas in ihrem Ton bewog mich dazu, mich umzudrehen. »Wie meinst du das?«

»Diese Kaninchen, dieses Fleisch. Das sind Geschenke für dich.«

»Das verstehe ich nicht. Warum bringt man die mir?«

»Sie hoffen, dich dazu zu verführen, ihre Gefährtin zu werden.«

Ich atmete scharf ein.

Weide und Salbei marschierten hinaus, stiegen dabei vorsichtig über die Kaninchen hinweg.

Hasel bedachte mich mit einem mitfühlenden Blick. »Häng sie auf. Ich werde meinen Gefährten bitten, sie für dich zu häuten.«

Ich wollte diese Gaben von anderen Männern nicht anrühren. Aber Fleisch war Fleisch. Mit einem Seufzen hob ich das Geschenk auf und befolgte Hasels Vorschlag.

ZWEI TAGE später verbrachte ich fast jede wache Minute in der Küche. Die Hütte selbst blieb still und leer; ich spähte hinein, wollte aber die Bewohner nicht stören. Obwohl ich nie jemanden sah, war ich dankbar, dass sie ihre Feuerstelle mit mir teilten. Die Küche wurde schnell zu meinem Zuhause.

Ein riesiger Bottich mit Grütze köchelte vor sich hin, bereit, von einem Berserker zur Hütte der ungepaarten *Holzmouwas* getragen zu werden. Ich servierte die Grütze mit Pflaumen und Honig gesüßt. Salbei leistete mir stundenlang Gesellschaft und half mir, Kräuter zu putzen, zu hacken und zu mahlen. Auch Weide und Hasel besuchten uns und brachten Körbe mit Pilzen und harten Äpfeln mit, die sie im Wald fanden. Und oft kamen Berserker-Krieger vorbei und hinterließen mir Geschenke in Form von Fleisch.

Gegen Sonnenuntergang erhob sich auf dem Berg ein großes Johlen, laut genug, um an meine Ohren zu dringen.

Ich verließ das Feuer und trat hinaus in die kühle Abendluft.

»Was ist das?«, fragte ich Hasel, die vor der Tür ein Fleckchen Erde für einen Gemüsegarten umgegraben hatte.

»Eine Gruppe von Kriegern ist zurückgekehrt«, sagte sie und wischte sich Schweiß aus dem Gesicht. Gleich darauf setzte sie ein Lächeln auf.

»Lorbeer!«, rief Weide aus dem Wald und kam in meine Richtung gerannt. »Hast du es gehört? Haakon wurde gefunden!«

Ich taumelte, und Salbei eilte vom Tisch herbei, um den Arm um mich zu legen.

»Meine Gefährten haben mir erzählt, die Krieger hätten ihn tief in einer Höhle gefunden – er hat sich dorthin geschleppt, um dem Feuer zu entkommen. Er war schwer verletzt, aber Sabine arbeitet gerade daran, ihn zu heilen. Bald wird es ihm gut genug gehen, um sich aus eigener Kraft zu bewegen.«

»Das sind großartige Neuigkeiten.« Ich umarmte meine Freundinnen, wenngleich ich Kälte im Herzen verspürte.

»Fühlst du sie eigentlich?«, fragte Salbei. »Über die Bindung?«

Drei leuchtende Augenpaare hefteten sich auf mich. Ich konnte nur den Kopf schütteln. »Noch nicht.«

»Das wirst du«, meinte Hasel zuversichtlich. Aber bevor sie mir mehr Ermutigung bieten konnte, trat ein riesiger Berserker zwischen den Bäumen hervor, und sie rannte los, um ihren Gefährten zu küssen.

Bei mir murmelnd ging ich zurück an den Herd.

Es sollte eine Feier stattfinden. Meine Freundinnen blieben bei mir, so lange sie konnten, aber eine nach der anderen ging, als ihre Gefährten sie holen kamen. Sie versprachen, zurückzukehren und dabei zu helfen, das

Essen hinunter zum großen Lagerfeuer zu tragen. Alle verfügbaren Berserker befanden sich auf der Jagd nach Hirschen, Schweinen und Fasanen, die über offener Flamme gebraten werden sollten, aber die *Holzmouwas* konnten es kaum erwarten, meine Backwaren zu kosten.

Die Sonne schimmerte tief am Himmel, als ich mich an die Tür stellte und mich streckte. Ich hatte den ganzen Tag gearbeitet und war fast fertig. In der großen Feuerstelle briet das Wildschwein mit einem Apfel im Mund. Auf den Arbeitsplatten kühlten Brotlaibe neben mehreren Tabletts mit Honigküchlein.

Jemand hatte ein Päckchen auf meiner Schwelle hinterlassen. In der Hoffnung, dass es sich nicht um noch mehr Fleisch handelte, bückte ich mich und trug es hinein. Dabei wunderte ich mich über das geringe Gewicht. Ich schnitt die Schnur auf – und es verschlug mir den Atem. Wunderschöner Stoff ergoss sich aus dem Päckchen. Rot wie reife Johannisbeeren.

Ich dachte mir, die Farbe würde zu deiner hellen Haut und deinem dunklen Haar passen.

Eine Gänsehaut breitete sich über meine Arme aus, als ich in die verwaiste Hütte huschte. Bestimmt würde der Besitzer nichts dagegen haben, wenn ich mich dort umzog. Ich wusch mich in ein wenig Wasser und flocht mein langes Haar. Das Kleid passte mir traumhaft gut. Die glatten Falten wirbelten um meine Beine. Beim Anblick meines Spiegelbilds im Waschbecken stockte mir der Atem.

Ich ging zurück, um die Küche aufzuräumen, aber das Kribbeln auf meinen Armen verschwand nicht.

»Hallo? Ist jemand hier?« Ich drehte mich um, sah aber niemanden. Und dennoch: Irgendjemand war hereingekommen. Man hatte mir einen Kohlkopf auf meinem

Schneidetisch hinterlassen. Ich hob ihn auf und unter-
suchte ihn, als könnte er mir sagen, wer ihn gebracht hatte.

»Gefällt dir mein Geschenk?«

Die vertraute Stimme erschreckte mich. Ich wirbelte
herum.

Haakon stand da und grinste mich an. Er sah etwas
dünner aus als der Mann, der mich aus dem Kloster
getragen hatte, aber sein Leiden konnte weder seinem
Charme noch seinem Grübchen etwas anhaben.

Ich brachte kein Wort hervor. Stattdessen stürzte ich
Haakon entgegen. Seine Arme legten sich sofort um mich.

»Vorsicht, Mädchen«, sagte er. »Ich bin noch nicht ganz
bei Kräften.«

Aber als ich mich zurückziehen wollte, hielt er mich
fest. Ich drückte das Gesicht an seine Brust.

»Ich dachte, du wärst tot. Ich habe dich zurückgelassen
...«

»Das war doch bloß ein bisschen Feuer.«

Ein Schluchzen schüttelte mich durch. Haakon war hier.
Er lebte. Der Krieger beugte sich über mich und beruhigte
mich, während ich das Gesicht an seiner Halsbeuge
vergrub. Seine Hände strichen über meinen Rücken auf und
ab und erweckten meinen Körper zum Leben. Am liebsten
hätte ich seine über meine Haut kreisenden Arme nie
wieder verlassen.

Schließlich hob ich den Kopf und fragte: »Wie ...«

»Ulf ist zurückgekommen, um nach mir zu suchen. Ich
war ohnmächtig und bin aufgewacht, als er nach mir
gerufen hat.« Er streichelte mein Haar. »Ich habe dich gesehen. In einem Traum.«

»Ich habe auch von dir geträumt. Du warst verletzt an
einem dunklen Ort. Ich habe nach dir gerufen.«

Er lächelte wieder mit einem zärtlichen Ausdruck im

Gesicht, und ich zeichnete sein Grübchen nach. »Wir haben den Traum geteilt. Du und ich – und auch Ulf. Er hat gewusst, wo er nach mir suchen musste. Das Feuer hat keine Spur von meiner Fährte übriggelassen, aber ich war tiefer in die Höhle gekrochen, und dort hat er mich gefunden. Über unsere Bindung konnte er mich nicht erreichen, aber der Traum hat ihm Hoffnung geschenkt. Ohne dich hätte er mich nicht aufgespürt.«

Einen Moment lang sah ich ihm in die Augen, bevor mir klar wurde, was er mir gerade gesagt hatte. »Wir haben einen Traum geteilt. Bedeutet das ...«

»Ja, Lorbeer. Die Bindung hat sich gebildet.«

Zitternd zog ich mich zurück. Es schien zu viel erhofft zu sein.

»Lorbeer? Was ist?«

»Er hat mich verlassen«, flüsterte ich, und mein Magen krampfte sich zusammen. »Man hat mir gesagt, er hätte seinen Anspruch auf mich widerrufen. Ich lebe bei den ungepaarten Frauen. Krieger bringen mir Geschenke, um meine Gunst zu erringen ...«

Haakon knurrte tief in der Brust. Ich zuckte zurück, aber er hielt mich fest und zwang mich, ihn anzusehen. »Willst du denn einen anderen Gefährten?«

»Ich ...«

Haakon knurrte erneut. Seine Augen leuchteten, seine Eckzähne verlängerten sich. »Ja oder nein? Sag es mir.«

»Nein. Es gibt sonst niemanden.«

»Wen würdest du uns vorziehen?«

»Niemanden!«, rief ich laut. »Ich erwähle euch.«

Sein Griff lockerte sich. So angespannt er auch gewirkt hatte, ich wusste, dass er mich nie verletzen würde.

»Ich dachte, ihr wolltet mich nicht.«

»Oh, Liebste.« Er zog mich in seine Arme. »Es tut mir

leid. Das geht auf Ulf zurück. Er hält sich für ungeeignet, dein Gefährte zu sein. Er glaubt, du würdest ihm nicht verzeihen, dass er mich zurückgelassen hat. Wenn ich gestorben wäre, wollte er, dass es dir freistünde, jemand anderen auszuwählen.«

»Was?« Nun war ich es, die knurrte. »Ulf hat mich vor dem Feuer gerettet. Ohne ihn würde ich nicht mehr leben. Ohne euch beide. Ich dachte ...« Ich musste die Worte an dem schmerzhaften Kloß in meinem Hals vorbeipressen. »Ich dachte, er wäre wütend auf mich. Weil ich den Brand gelegt habe ...«

»Nein, Mädchen, das war sehr mutig von dir. Das Feuer hat alle Grauen getötet. Es hat mich gerettet. Und jetzt haben wir mehr Waffen, um gegen die Diener des Totenkönigs zu kämpfen. Aber du wirst natürlich nicht kämpfen. Du bist jetzt eine Berserker-Frau.«

»Wo ist Ulf?«, fragte ich. Mein gesamter Körper vibrierte immer noch vor Wut, vor Freude, vor Schmerz. »Bring mich zu ihm.«

»Das werde ich«, versprach Haakon. »Aber zuerst sagst du mir, ob dir mein Geschenk gefällt.«

»Das Kleid? Es ist wunderschön.«

»Nicht das Kleid.« Er schnaubte. »Ich habe dir den Kohl gebracht.«

»Aber wer ...«

»Siehst du, Ulf?«, rief Haakon. »Ich hab dir ja gesagt, dass sie dein Geschenk meinem vorziehen würde. Komm heraus, damit sie dir gebührend danken kann.«

Ich hielt den Atem an, als Ulf eintrat. Sein Gesicht war rau vor Stoppeln, seine Augen wirkten müde, dennoch leuchteten sie, als ihr Blick auf mir landete. Mein Herz zog sich zusammen. Für mich war er trotz seiner Narben wunderschön.

»Geh zu ihm«, murmelte Haakon, und noch bevor er zu Ende gesprochen hatte, raste ich Ulf entgegen. Ich konnte nicht anders. Ich musste ihn berühren.

Ulf blieb abrupt stehen, als ich mich ihm näherte. Ich legte die Hände erst auf seine Brust, bevor ich sie über seine Schulter und seinen Rücken wandern ließ.

»Bist du verletzt?«, murmelte ich, als er steif und still blieb.

»Nein. Nicht mehr.«

Ich legte die Hände in sein Gesicht, sah ihm in die Augen.

»Danke.«

»Dafür, dass ich dich gerettet habe? Oder dafür, dass ich deinen Gefährten gerettet habe?«

»Dafür, dass du mich geholt hast. Jetzt ... und vorher. In der Küche des Klosters.«

Langsam schloss er die Arme um mich. »Ich werde immer für dich da sein, wenn du es willst.«

»Und ich werde es immer wollen«, flüsterte ich. Er entspannte sich nicht unter meiner Berührung, aber das würde er noch. »Also: Sind wir gepaart? Bringt ihr mich in eure Hütte?«

Ulf blinzelte. »Wie meinst du das?«

»In das Zuhause, das ihr für eure Gefährtin gebaut habt. Bringt ihr mich dorthin? Und zeichnet ihr mich? Legt ihr mir einen Wendelring um den Hals an? Damit andere wissen, dass ihr Anspruch auf mich erhoben habt?«

»Oh, das werden wir«, brummte Haakon und trat hinter mich. Als er sich an meinen Rücken drückte, spürte ich, wie sich meine Worte auf ihn ausgewirkt hatten. »Wir werden all das und mehr tun.«

»Was unsere Hütte angeht, Mädchen ...« Ulf breitete die Arme aus. »Du bist hier. Das gehört uns. Sobald ich die

Verbindung zum Rudel herstellen konnte, habe ich die anderen gebeten, die Küche für dich zu bauen.«

»Hat es dir niemand gesagt?«

»Nein.« Ich klatschte ihm gegen die Arme. »Andere Berserker haben mir Fleisch gebracht! Meine Freundinnen haben mir gesagt, du hättest deinen Anspruch auf mich widerrufen.«

»Ich dachte, wenn Haakon verloren wäre, möchtest du dir vielleicht einen anderen aussuchen. Ich hätte dich gelassen«, sagte Ulf.

»Ich will keinen anderen.« Ich wusste nicht, ob ich weinen oder schreien sollte. »Ich will euch.«

»Du bist wunderschön.« Seine Finger fuhren durch mein Haar. In seinen Augen sah ich solche Sehnsucht.

»Du hast gesagt, du würdest mich für immer an dich binden«, flüsterte ich.

»Das werde ich«, versprach er.

»Das hast du schon.«

Ich richtete mich die Zehenspitzen auf und schlang die Arme um seinen Hals. Kaum hatte ich das Gesicht nach oben geneigt, presste er die Lippen auf meine. Seine Erregung bohrte sich in meinen Bauch, bis er mich hochhob und meine Beine um seinen starken Rumpf zog.

Wir küssten uns, bis sich Haakon räusperte. Ich löste die Beine von Ulf und ließ mich von ihm auf den Boden stellen.

»Damit wäre das geklärt.« Ich strich mein Kleid glatt.

»Nicht ganz«, stellte Haakon richtig. »Wie du gesagt hast, haben andere Berserker versucht, Anspruch auf dich zu erheben. Wir haben alles Mögliche an Gerede gehört. Du hast mit verschiedensten Kriegern geliebäugelt, ihnen in die Gesichter geschaut.«

»Ach, diese blöde Regel.« Ich verdrehte die Augen.

»Die Regel, die uns hilft, unsere Bestie im Zaum zu halten?« Ulf zog die Augenbrauen hoch.

»Es heißt, du hättest Interesse an mehreren Kriegern gezeigt und das Fleisch verarbeitet, das sie die geschenkt haben.«

»Natürlich habe ich das Fleisch zubereitet, das sie mir gebracht haben. Es war in tadellosem Zustand.«

»Du leugnest also nicht, dass du andere dazu ermutigt hast, dir den Hof zu machen?«

Ich schaute von einem strengen Gesicht zum anderen und warf die Hände hoch. »Nun, was hast du denn erwartet, nachdem du mich verlassen hattest? Dass ich mich hinlegen und Trübsal blasen würde, bis du zurückkommst? Ist nicht meine Schuld, dass mich jeder starke, ungepaarte Krieger haben will ... uff!«

Die Luft zischte mir aus der Lunge, als Ulf und Haakon mich hochhoben und auf die Arbeitsplatte legten, als wäre ich ein Stück Fleisch. Ich kroch auf der Holzfläche rückwärts, brachte den gesamten Tisch zwischen die helläugigen Krieger und mich.

»Du hast also beschlossen, uns zu verärgern? Deinen Gefährten schon wieder zu trotzen?« Haakons Grinsen ließ seine langen Eckzähne aufblitzen. Ulf kam um die Arbeitsplatte herum auf mich zu.

»Vielleicht.« Ich rutschte zu Boden und wich zurück, tastete mit den Händen nach etwas, womit ich mich verteidigen könnte. »Ihr habt gesagt, ihr mögt lebhafte Frauen.«

»Nein.« Haakon legte den Kopf schief. »Wir haben gesagt, dass wir *dich* mögen. Aber du warst eine sehr unartige Gefährtin. Vor uns wegzulaufen, mit uns zu streiten, sich eine Fackel zu schnappen und damit in die Schlacht zu ziehen, obwohl wir ausdrücklich gesagt haben, du sollst fliehen ...«

»Das hat euch das Leben gerettet!«

»Du bist jetzt eine Berserker-Braut. Und Berserker bringen ihre Gefährtinnen zur Vernunft.«

»Ihr könnt es ja versuchen.« Ich knurrte. Meine Hände schlossen sich um ein Geschoss, das ich warf, ohne nachzudenken. Haakon entging nur knapp einem Treffer an den Kopf mit dem Kohl.

»Da ist sie wieder«, murmelte Ulf. »Die Kämpferin in der Küche.«

Haakon richtete sich auf, und ich schnappte mir einen Apfel. Eine Pause, während die Krieger beratschlagten, was sie tun sollten, und ich hielt den Atem an.

»Na schön, Mädchen«, ergriff Haakon das Wort. »Wir haben beschlossen, dass Ulf dich züchtigt und ich dabei zusehe. Du musst dich nicht sorgen, dass ich dadurch benachteiligt bin. Wenn er mit der Bestrafung fertig ist, bin ich damit an der Reihe, dich mir zur Brust zu nehmen, und Ulf sieht dabei zu.«

»Wenn ihr glaubt, dass ich mich dem bereitwillig unterwerfe, dann habt ihr euch aber geschnitten.«

»Ach, Liebes.« Seine Augen funkelten. »Ich hoffe sehr, dass du dich nicht bereitwillig unterwirfst.«

Wenig später glich die Küche einem Schlachtfeld aus geworfenen Äpfeln und verstreuten Tellern. Mehl bestäubte großzügig den Boden.

Ich lag nackt da, verschnürt wie ein Stück Wild, die Hände hinter dem Rücken gefesselt.

»Hier ist etwas, um deinen Mund zu beschäftigen«, sagte Haakon und steckte mir einen Apfel zwischen die Zähne – einen der winzigen, zu klein zum Pochieren. Ich hatten ihn als Dekoration aufgehoben. Nur hätte ich nie gedacht, dass ich zum Tafelaufsatz werden würde. Beim Gedanken, aufgetragen und während einer gesamten Mahlzeit so zur Schau gestellt zu werden, bohrten sich meine Nippel hart in die Tischplatte.

»Du wirst noch lernen, auf uns zu hören, Lorbeer«, sagte Haakon, während Ulf die Knoten überprüfte. »Bis dahin fesseln wir dich, damit du nicht weglaufen kannst.«

»Und das deine Bestrafung angeht ...«, ergriff Ulf das Wort. »Ich glaube, dafür haben wir das perfekte Werkzeug gefunden.« Er schwenkte einen Holzlöffel vor meinem Gesicht.

Die beiden Krieger ließen sich Zeit dabei, mich zu fesseln. Sie legten mich nach ihren Wünschen auf den Tisch, senkten die Hände auf meine Kurven und sprachen von mir, als wäre ich ein neues Spielzeug, das sie auf dem Markt gekauft hatten. Wellen der Erregung durchströmten mich. Meine Ohren füllten sich mit dem Geräusch meines schweren Atems, in der Küche herrschte mein Moschusgeruch vor.

»Bitte«, sagte ich schließlich. »Bringen wir es hinter uns.«

»Ich liebe es, wenn sie um Bestrafung bettelt«, merkte Ulf an.

»Ich liebe es, wenn sie überhaupt bettelt.«

Beim ersten Hieb des Löffels quollen mir die Augen beinah aus den Höhlen. Der Apfel flutschte mir aus dem Mund, als ich schrie.

»Das tut weh!«

»Unartiges Mädchen.« Ulf ersetzte den Apfel durch mehrere Seilschlingen, die er an dem kreuz und quer über meinem Körper angebrachten Schnürwerk befestigte. »Die meisten *Holzmouwas* nehmen ihre Bestrafung brav und demütig hin, dann knien sie nieder, um ihren Gefährten zu danken.«

Ich spannte die Kiefermuskeln an und bohrte die Zähne in das Seil.

»Ich bezweifle, dass sich die da niederknien wird. Aber sie ist eindeutig eine *Holzmouwa*. Sieh nur, wie sie auf ein wenig Schmerz anspricht.« Haakon fuhr mit der Hand durch meine feuchten unteren Lippen und zeigte mir die klebrige Flüssigkeit an seinen Fingerspitzen, bevor er sie sauber leckte. »Gib ihr noch ein bisschen mehr, Ulf, und lass uns zusehen, wie sie nässt.«

Der Löffel klopfte in kurzen Abständen auf meinen Hintern. Ich atmete scharf ein, fest entschlossen, kein Aufhebens zu machen. Das genossen meine Gefährten nämlich zu sehr.

»Versuch es mal damit«, schlug Haakon vor und ergriff eine langstielige Brotschaufel. Kaum hatte sie auf meinen Hintern geschlagen, schrie ich laut genug, um alle auf dem Berg in Aufruhr zu versetzen.

»So süß«, meinte Haakon und tauchte die Finger in meine Spalte. Ich stöhnte.

»Probier das dazu«, sagte Ulf.

»Eine Karotte? Wofür hältst du mich, für ein Kaninchen?«

»Wie du willst«, erwiderte Ulf und schob den kalten, harten Gegenstand selbst in mich. Der Knebel dämpfte meine empörten Schreie, als er das Gemüse in mir drehte und jeden Teil meiner Öffnung reizte.

»Siehst du?«, sagte er, nachdem er mich mit der Karotte gerammelt und sie wieder aus mir gezogen hatte. »Schmeckt süß.«

»Lass mich probieren.« Bei Haakons schelmischem Ton versteifte sich mein Körper. Er führte etwas im Schilde, doch ich konnte nur daliegen und es über mich ergehen lassen.

Wenig später ergoss sich Öl über die Spalte zwischen meinen Pobacken. So sehr ich auch zappelte, die Knoten meiner Fesseln verhinderten, dass ich mich rühren konnte. Ein Finger tauchte zwischen meine glitschigen Pobacken, testete und umrandete mein hinteres Loch, bevor ein anderer unnachgiebiger Gegenstand – vermutlich die Karotte – seinen Platz einnahm. Die Spitze flutschte hinein, und meine enge Hinterpforte dehnte sich, als die Karotte breiter wurde. Es tat nicht weh. Es fühlte sich nur seltsam an und füllte mich aus. Erregung flatterte in meinem Bauch, obwohl ich austrat, schrie und zeterte.

»Vorsicht, Liebes.« Ulf schlang einen Arm um mich. »Ich will nicht, dass die Seile an dir Spuren hinterlassen.«

»Honig. Das wäre eine gute Idee. Haben wir welchen?« Haakon ließ die Karotte in meinem Po und machte sich auf die Suche.

»Sag, dass du dich fügst«, flüsterte Ulf und streichelte mein Haar. »Dann endet deine Bestrafung.«

»M-m.« Ich warf den Kopf hin und her und knurrte ihn an. Ich hatte es satt, ein braves Mädchen zu sein.

»Wie du willst.« Er ging, und Haakon nahm seinen Platz ein.

»Gefällt es dir, wenn dein Hintern ausgefüllt ist?«

Ich bleckte ihm die Zähne entgegen. Er lachte nur. »Tja, daran gewöhnst du dich besser. Wir lassen gerade einen Stöpsel anfertigen. Den wirst du tragen, wann immer wir es für angebracht halten – den ganzen Tag, während du deine feinen Küchlein backst. Und wann immer es uns gefällt, befehlen wir dir, dich zu bücken und ihn uns zu zeigen.« Er beugte sich nah zu mir. »Und wenn wir ihn rausnehmen, ersetzen wir ihn durch unsere Schwänze.«

Ein Wimmern entkam mir. Er tätschelte meinen Hintern und drehte die Karotte weiter hinein. »Bald wirst du uns anflehen, dich auf diese Weise auszufüllen. Du wirst schon sehen.«

Meine Erregung brach bereits in Form von heftigen Wellen wilden Verlangens über mich herein. Aber als mich Ulf und Haakon an dem Schnürwerk anhoben und umdrehten, sah ich den Hunger in ihren Augen, als sie meinen nackten Körper betrachteten. Und als Haakon eine Honigwabe über mich hielt und die süße Flüssigkeit auf meine gefesselten Brüste träufelte, schwoll die Begierde in mir an, stahl mir sämtliche Gedanken und verschlug mir den Atem. Zwei heiße Münder stülpten sich über meine Brüste, leckten und nuckelten meine Nippel zu harten Spitzen. Ich wand mich in den Seilen, während sich mein Verlangen aufbauschte, weil ich ihm keinen Ausdruck verleihen konnte. Unablässig wimmerte ich vor mich hin. Hätte ich zu sprechen vermocht, ich hätte gebettelt.

»So süß.« Haakon drehte mich so, dass er sich zwischen meine Beine stellen konnte. Sein Mund stülpte sich über meine nässende Scham, seine Zunge wirbelte um meine Lustperle, bis hinter meinen Augen Sternchen explodierten. Ich biss auf das Seil, als mein Höhepunkt tosend durch mich fegte.

Im nächsten Augenblick erschlaffte ich auf dem Tisch, als Ulf die Seile durchtrennte und von mir abfallen ließ.

»Bitte«, flehte ich. »Nehmt mich.«

»Liebes.« Haakon kletterte auf den Tisch, um sich zwischen meine Beine zu knien. »Wir dachten schon, du würdest nie fragen.« Er hielt nur inne, um die Karotte herauszuziehen, dann schob er die Hände hinter den Knien unter meine Beine, hob sie an und pfählte mich. Mein Kopf fiel zurück, als ihn meine feuchte Hitze umfing.

»Ich will auch.« Ulf stellte sich ans Tischende. Seine Mannespracht befand sich auf perfekter Höhe für meinen

Mund. Ich saugte ihn ein. Er zupfte an meinen Nippeln und jagte damit Hitzewellen durch mich. Haakon bewegte sich zwischen meinen Beinen, wiegte mich mit seinen Stößen Ulfs Härte entgegen.

Dann wurde ich hochgerissen und weggezogen, als der aufgebockte Tisch zusammenbrach. Ulf hielt mich fest, und Haakon sprang gerade noch rechtzeitig ab. Die große Holzplatte traf gegen die andere und warf auch sie um.

Als sich der Staub legte, hallte Haakons Lachen durch den Raum.

»Du hast meine Tische kaputtgemacht«, warf ich ihm japsend vor. Die Küche glich einem wilden Durcheinander – ich hatte alles geworfen, was ich in die Finger bekommen hatte, jeden Topf, jeden harten Apfel, und meine Gefährten hatten Tabletts als Schutzschilde benutzt. Nun lagen auch noch die großen, robusten Tische auf dem Boden, umgestürzt durch die harten Stöße meines Gefährten.

Gut, dass ich die Honigküchlein auf der Arbeitsplatte abgestellt hatte.

»Bist du verletzt?«

Ich schüttelte den Kopf.

»Wir machen hier sauber und beseitigen die Unordnung«, versicherte mir Haakon.

»Später«, brummte Ulf und packte mich am Arm. »Wir sind noch nicht fertig.« Er zog mich zur Feuerstelle. »Leg die Hände auf den Stein.«

Ich beugte mich vor, nahm eine Haltung ein, die den Kriegern meinen verletzlichen Hintern entblößte. Einige Atemzüge lang wartete ich, dann schaute ich zurück. Ulf und Haakon hatten sich nicht gerührt, konnten die Blicke nicht von mir lösen. Lächelnd wedelte ich mit dem Hintern, bis Ulf aus der Starre ausbrach.

»Öl«, sagte er, und nachdem ich hingezeigt hatte, forderte er mich auf, mich wieder umzudrehen.

»Atme«, wies Haakon mich an, kam herbei und legte mir beruhigend eine Hand auf den Rücken.

Öl ergoss sich großzügig über meinen Hintern und meine Spalte. Ich versuchte, mich nicht zu winden, als Ulf auch die Finger einölte und anschließend erst einen, dann zwei in meine hintere Öffnung schob, um mich zu dehnen.

»Mach dich bereit und öffne dich mir«, befahl Ulf.

»Atme«, wiederholte Haakon.

Ich spreizte die Hände auf dem grauen Stein und versuchte zu tun, was mein strenger Gefährte wollte. Er schob meine Beine weiter auseinander und packte mich an den Hüften, zog sie höher. Seine Härte streifte mein hinteres Loch. Ich spannte den Körper an.

»Nicht so. Öffne dich mir.«

Haakon setzte sich neben mich und streichelte sich selbst. Seine Mannespracht wedelte dicht vor meinem Gesicht, als Ulf in mich eindrang und den engen Ringmuskel dehnte. Durch das Öl glitt er mühelos hinein, wenngleich es ein bisschen brannte. Ulf stieß abwechselnd zu und zog sich zurück, während er einen Takt suchte. Meine Scham pulsierte, als er meinen intimsten Teil ausfüllte.

»Wie ist es?«, fragte Haakon ihn.

Ein Keuchen von Ulf.

»So gut?« Haakon zwinkerte mir zu und ließ sein Grübchen aufblitzen.

Ulf zog sich zurück, streichelte meinen Rücken und gewährte mir eine Pause. »So süß, dass du dich uns völlig hingibst.«

Ich fasste nach hinten und berührte die eisernen Muskels in seinem Bein. Er war so stark und konnte so zärtlich sein. Ich wölbte den Rücken durch und neigte den Kopf zurück. »Nimm mich.«

Flüche drangen von seinen Lippen, als er sich vollständig in mir versenkte. Meine Säfte sprudelten, als Ulfs Härte tief in mich vorstieß. Seine Hand schlängelte sich nach vorn, um mich zu streicheln, und meine Beine zitterten.

»Oh nein.« Ich leugnete die dunkle Empfindung. Davon durfte ich nicht zum Höhepunkt kommen.

»Ja, Lorbeer. Gib dich uns hin. Unterwirf dich deinen Gefährten.«

Seine Finger drückten mich höher, bis meine Knie nachgaben und er mich vollends stützte. Haakon sah mit leuchtenden Augen zu. Sein Lachen war verstummt, abgelöst von purer Begierde.

Ein Holzscheit knackte, ließ Funken nah an meinem Gesicht aufsprühen, und mir entfuhr ein Aufschrei. Sofort befand ich mich in Ulfs Armen, mit einem starken Unterarm über meinem Bauch. Die andere Hand legte sich an meinen Hals.

»Keine Sorge. Ich hab dich. Ich passe immer auf dich auf.«

Haakon bewegte sich vor mich und versperrte mir die Sicht aufs Feuer. Seine Hände legten sich auf meine Brüste und zupften an meinen Nippeln, bevor sie zwischen meine Beine tauchten, um erneut meine Lustperle zu reiben. Ulf hielt mich gefangen, und dank Haakons geschickten Fingern und Ulfs kraftvoller Hand an meinen Puls erklomm ich abermals die höchsten Gipfel der Lust.

Kurz, bevor ich sie erreichte, nahm Haakon die Hände weg.

Ulf verstärkte den Griff um mich. »Jetzt, Bruder.«

Haakon stützte ein Bein auf der Feuerstelle ab und

führte sich in meine klatschnasse Hitze ein. Langsam glitt er in mich, füllte mich Stück für Stück aus, sah mir dabei die ganze Zeit tief in die Augen.

»Warte damit«, befahl Ulf, und ich wehrte meinen Orgasmus ab, bis beide Männer mit mir vereint waren, meine innigsten Teile berührten und mich mit Empfindungen überwältigten.

Am Rand des Höhepunkts hielt mein Körper den Atem an. Haakon begann, zuzustoßen.

Jetzt, hallte Ulfs Stimme durch meinen Kopf und füllte den letzten Teil von mir aus. Haakons Schrei schloss sich dem seinen an. Ich zerbrach förmlich an ihren Schwänzen und schauderte vor Lust. Nur ihre starken Arme und der Druck ihrer Haut an meiner verhinderte, dass ich mich auflöste.

Zähne bohrten sich in meinen Hals. Haakon legte den Kopf in den Nacken. Seine Eckzähne blitzten auf, bevor er sie in meine Schulter schlug. Der Schmerz der beiden Bisse ließ mich vor Ekstase explodieren. Dabei hörten die Männer nicht auf, in mich zu stoßen.

Mein, hallten ihre Stimmen in meinem Kopf wider. *Unser. Jetzt und für immer.*

Ich fügte einen eigenen heiseren Schrei hinzu, wogte zwischen ihnen, wurde in einem Sturm von Empfindungen vor und zurück geschleudert. Mein Körper fühlte sich an, als zersplitterte er, und alles, was mich ausmachte, floss aus mir heraus. Aber es verschwand nicht. Ich wurde nicht zerstört. Irgendwie wurde ich stattdessen zu mehr.

Ulf und Haakon rammten sich in mich, berührten mein Innerstes. Benommen, glücklich und verausgabt trieb ich in ihren Armen, während sie fluchend ihre Höhepunkte erlebten. Die Wundstellen an meinen Schultern kribbelten. Irgendwie wusste ich, dass die Bisse schnell heilen würden, aber mir würden für immer Narben davon bleiben. Zeichen. Beweise, dass ich jemandem gehörte.

Lorbeer. Haakons Lippen suchten meine. Ich klammerte mich mit dem linken Arm an ihn und schob eine Hand nach hinten zu Ulf. Meine Rechte streifte das harte Gewebe seiner Narben, und er zuckte zurück, glitt aus meinem Körper und setzte mich auf den Boden. Ulf fühlte sich in meiner Gegenwart immer noch nicht wohl. Egal. Ich war Lorbeer, Gefährtin der Berserker. Ganz und gar ich selbst, nicht bereit, mich zu verstecken. Ich würde meine Liebe auf ihn scheinen lassen, bis nichts Hässliches mehr da wäre, nur noch Ulf.

Bist du bereit, von uns ins Bett gebracht zu werden?, füllte Haakons Stimme meinen Geist aus.

Jäh drehte ich den Kopf.

»Was ist, Mädchen?«

»Ich habe dich gehört«, hauchte ich. »In meinem Kopf.«

Ja, Liebste. Da ist die Bindung. Komm, Mädchen. Es ist an der Zeit, dass wir dich in unserem Zuhause nehmen.

»Warte.« Ich löste mich aus seinem Griff. »Das Wildschwein, die Honigküchlein. Ich sollte das Essen zum Fest bringen.«

»Wir haben Bescheid gegeben, dass wir Anspruch auf dich erheben«, sagte Ulf. »Heute Abend kann sich das Rudel ein eigenes Festmahl kochen.«

»Ich werde das Wildschwein essen«, bot Haakon an. »Und du magst Honigküchlein.«

Mein Mund klappte auf. »Wir haben Hunderte davon.«

»Tja, das ist gut.« Haakon trat hinter mich und knetete meine Brüste. »Du wirst die Nahrung brauchen, damit du genug Ausdauer hast, um deine Gefährten zu befriedigen.«

Viel später, nachdem sie mir den Rest der Hütte und vor allem das Bett gezeigt hatten, lag ich da und ließ die Finger auf Haakons Brust kreisen. Er lächelte sogar im Schlaf, und sein Grübchen zwinkerte mir zu.

»Wie war er, als du ihn gefunden hast?«, fragte ich Ulf.

»Bewusstlos. Zuerst hatte ich die Befürchtung, er könnte den Schaden an seinem Rücken verschlimmert haben. Aber die Heilung ist gut verlaufen. Er hat nur Essen und Wasser gebraucht. Jetzt, da die Bindung zwischen uns vollständig ist, wird er schneller heilen.«

Darüber grübelte ich nach. Es gab viel, was ich an der Paarungsbindung nicht verstand. Morgen würde ich meine Freundinnen fragen.

Ulf ließ neben mir ein gedehntes Seufzen vernehmen. Ich biss mir auf die Unterlippe.

»Was ist, Lorbeer?«, fragte er, ohne die Augen zu öffnen.

Seine Stimme ließ mich zusammenzucken.

Nach all der Zeit hast du immer noch Angst vor mir? Als sich unsere Gedanken verbanden, spürte ich seine wehmütige Sehnsucht.

»Natürlich nicht.« Trotzdem krümmte sich ein Teil von mir nach wie vor.

»Sag es mir, Kleines.«

»Bist du mir böse ... wegen dem Feuer?«

»Nein.« Er rollte sich zu mir, schmiegte den großen Körper neben meinen. Mit den muskelbepackten Armen stemmte er sich hoch. Seine Hände ruhten zu beiden Seiten meines Gesichts, seine Daumen streiften meinen Kiefer. In diesem Kokon seiner Wärme und Aufmerksamkeit konnte ich mich nicht verstecken. Mein Herz brach ein wenig, und Schmerz floss in die Bindung zwischen uns.

»Du hast mich verlassen«, flüsterte ich. Schweigend teilte ich mit ihm jedes Schaudern, jeden bangen Augenblick, den ich auf dem Berg erlebt hatte, als mir Berserker und meine Freundinnen erklärt hatten, dass mich meine Gefährten aufgegeben hatten.

Er erwiderte zunächst nichts, strich mir nur das Haar von den Wangen zurück. »So bezaubernd«, murmelte er. »Eine Frau wie du könnte jeden Mann haben, den sie will.«

»Ich wollte aber nicht irgendeinen Mann. Ich wollte den, der seinen Anspruch auf mich widerrufen hatte.«

Er schloss die Augen. »Ich wollte dich damit nur freigeben.«

Zorn durchzuckte mich. »Du hattest nicht das Recht ...«

»Ich bin hässlich.« Er sagte es, ohne zusammenzuzucken, trotzdem spürte ich es tief in seinem Herzen. Sein Körper schwebte so nah über mir, aber es kostete mich allen Mut, ihn zu berühren.

»Für mich gehörst du zu den schönsten Männern überhaupt«, flüsterte ich. Meine Fingerspitzen strichen zart über seine Brust.

Er schaute weg. Aber ausnahmsweise vergaß er, mir die unversehrte Seite seines Gesichts zuzuwenden. Ich betrachtete das raue Gewebe seiner Wange unter dem Auge. Und da wusste ich, was ich sagen musste.

»Ohne deine Narben würde ich dich nicht so sehr lieben.« Ich öffnete mich ihm über die Bindung, damit er wusste, dass jedes Wort der Wahrheit entsprach.

»Du bemitlei...«

Ich legte ihm einen Finger an die Lippen. »Ihr habt mich gerettet. Du und Haakon ... aber du bist für mich durchs Feuer gegangen, obwohl du gewusst hast, wie es sich anfühlt, verbrannt zu werden.«

Er begegnete meinem Blick. Vernarbt und gutaussehend, wild und sanft. Meine Gefährte.

»Keiner der Berserker, die mir den Hof machen wollten, konnte dir auch nur annähernd das Wasser reichen.«

Ulf umklammerte mich. Ein Knurren drang tief aus seiner Brust.

»Ich konnte nicht einmal an sie denken – immerhin hatte der tapferste Mann der Welt Anspruch auf mich erhoben. Selbst wenn du ohne Haakon zurückgekehrt wärst, hätte ich nicht ruhen können, bis ich dich zurückgehabt hätte.«

Gefährte. Er legte mir die Hand in den Nacken, hielt mich für seine Lippen still. Es war kein Kuss, sondern eine Eroberung. Er nahm und nahm, und ich neigte den Kopf zurück und gab und gab – denn ich hatte unendlich viel Liebe zu geben.

Schließlich rollte er sich von mir, und ich kuschelte mich so an seine Seite, dass wir von Angesicht zu Angesicht nebeneinanderlagen.

Kein Verstecken mehr. Ich berührte seine vernarbte Wange.

Nie wieder. Er nahm mein Versprechen ebenso entgegen wie ich das seine.

Als Haakon zu schnarchen begann, schmiegte ich mich an ihn. *Ich hoffe, unsere Kinder werden wie du sein.*

Ulfs Körper versteifte sich. »Kinder«, flüsterte er.

»Ja.« Ich klammerte mich an ihn, wagte nicht zu fragen, ob er Kinder wollte.

»Sie werden nicht verbrannt sein«, meinte er verwundert. »Sie werden mein Gesicht haben, aber keine meiner Narben.«

Ich biss mir auf die Unterlippe und blinzelte Tränen über seine Ehrfurcht zurück. Innig umklammerte ich seine Schulter. »Mir ist egal, wie sie aussehen, solange sie deinen Mut besitzen. Ich möchte, dass ihr Herz so groß wird wie das ihres Vaters.«

»Und das ihrer Mutter.« Er verflocht die Finger mit meinen.

Ich presste mich an ihn. »Du wirst ihnen beibringen, tapfer zu sein, Ulf.«

»Das werden wir beide.« Damit küsste er mein Haar, und mit diesem letzten Versprechen schlossen wir uns Haakon beim Schlafen an.

Neun Monate später wurde mein Sohn Ulfarr geboren, seinem Vater wie aus dem Gesicht geschnitten.

KOSTENLOSES BUCH

Hol dir ein kostenloses Exemplar von Gezeugt von den Berserkern und Eine Berserker-Geburt, indem du dich für meinen Newsletter anmeldest.

*Der dritte Teil von Daegans, Brennas und Samuels Geschichte. Lies den ersten Teil in **Verkauft an die Berserker** und den zweiten in **Gepaart mit den Berserkern**. Diese Novelle ist kostenlos, ein Geschenk.*

https://BookHip.com/PKRMGC

DIE BERSERKER-SAGA

Verkauft an die Berserker
Gepaart mit den Berserkern
Entführt von den Berserkern
Übergeben an die Berserker
Gefordert von den Berserkern

DIE FRAUEN DER BERSERKER

EBENFALLS VON LEE SAVINO

DIE AUTORIN

Lee Savino ist *USA Today*-Bestsellerautorin. Außerdem ist sie Mutter und schokosüchtig. Sie hat eine ganze Reihe von Büchern geschrieben, die alle unter die Rubrik »smexy« Liebesgeschichten fallen. *Smexy* steht dabei für »smart und sexy«.

Sie hofft, dass euch dieses Buch gefallen hat.

Besucht sie unter:
www.leesavino.com

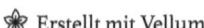 Erstellt mit Vellum